荟珍集
HUIZHENJI

二十四诗品

(唐)司空图 著
罗仲鼎 蔡乃中 译注

浙江古籍出版社

图书在版编目（CIP）数据

荟珍集:二十四诗品 /（唐）司空图著;罗仲鼎,
蔡乃中译注. —杭州:浙江古籍出版社,2023.1（2025.1重印）
ISBN 978-7-5540-2456-0

Ⅰ.①荟…　Ⅱ.①司…②罗…③蔡…　Ⅲ.①古典诗歌-诗歌理论-中国　Ⅳ.①I207.22

中国版本图书馆 CIP 数据核字(2022)第 224315 号

荟珍集:二十四诗品

（唐）司空图　著　罗仲鼎　蔡乃中　译注

出版发行　浙江古籍出版社
（杭州体育场路 347 号　电话: 0571—85068292）
责任编辑　徐晓玲
责任校对　吴颖胤
封面设计　刘昌凤
责任印务　楼浩凯
激光照排　浙江时代出版服务有限公司
印　　刷　北京众意鑫成科技有限公司
开　　本　880×1230　1/32
印　　张　4.875
字　　数　140 千
版　　次　2023 年 1 月第 1 版
印　　次　2025 年 1 月第 2 次印刷
书　　号　ISBN 978-7-5540-2456-0
定　　价　59.80 元

目　录

前　言 …………………………………………………… (1)
一　雄浑 …………………………………………………… (1)
二　冲淡 …………………………………………………… (8)
三　纤秾 …………………………………………………… (15)
四　沉著 …………………………………………………… (20)
五　高古 …………………………………………………… (25)
六　典雅 …………………………………………………… (29)
七　洗炼 …………………………………………………… (33)
八　劲健 …………………………………………………… (37)
九　绮丽 …………………………………………………… (42)
十　自然 …………………………………………………… (48)
十一　含蓄 ………………………………………………… (53)
十二　豪放 ………………………………………………… (58)
十三　精神 ………………………………………………… (63)
十四　缜密 ………………………………………………… (67)
十五　疏野 ………………………………………………… (71)
十六　清奇 ………………………………………………… (76)
十七　委曲 ………………………………………………… (81)
十八　实境 ………………………………………………… (87)
十九　悲慨 ………………………………………………… (92)
二十　形容 ………………………………………………… (96)

二十一　超诣 ……………………………………………………（102）
二十二　飘逸 ……………………………………………………（109）
二十三　旷达 ……………………………………………………（113）
二十四　流动 ……………………………………………………（117）
附录
《新唐书·司空图传》……………………………………………（121）
《与李生论诗书》（节录） ………………………………………（123）
《与极浦书》（节录） ……………………………………………（125）
《与王驾评诗书》（节录） ………………………………………（125）

重版后记 ………………………………………………………（127）

前　　言

唐末诗人司空图的《二十四诗品》,是我国古代文学史上具有独特风貌的诗歌理论著作。二十四首小诗,词清句丽,韵味悠长,犹如一串晶莹圆润的珍珠,使人流连难舍。一千多年来,人们学习它、研究它、赞美它、模仿它,不断从中汲取诗法的经验和诗意的美感。有人称之为"诗家之总汇,诗道之筌蹄",甚至把它当作诗歌写作的教材,乡试取士的命题。司空图《诗品》独创的艺术形式,它对诗歌风格细致的分类阐释和绘神绘影的描摹,尤其是它所阐明的美学观点,在我国诗歌理论史上产生过深远广泛的影响。因此,对《诗品》进行全面的分析与研究,无论对于学习我国古代诗歌发展的历史及其艺术规律,还是对于人们掌握诗歌创作的技巧和提高艺术鉴赏的水平,都是会有帮助的。

一

风格的多样化,是一个民族文学艺术繁荣成熟的重要标志。我国古代诗歌,在经历了一千几百年的孕育、生发和几次高峰的嬗变之后,到唐代才进入了真正的黄金时期。"名家辈出,众体擅胜",呈现出百花竞放、万卉争妍的动人景象。司空图生活在唐朝末年,这时唐诗已经走完了自身的各个历史发展阶段,各种风格和流派,都臻于成熟。在这样的文学历史背景下,司空图的《二十四诗品》应时而生了,"王官谷里唐遗老,总结唐家一代诗",清人杨深秀的诗句,恰当地评价了《二十四诗品》的这种历史功绩。

曹丕和陆机曾经说过:“文非一体,鲜能备善”,“体有万殊,物无一量”①。司空图《诗品》的功绩首先在于对唐诗的各种风格和流派进行了大规模的汇集、整理和分类,把诗歌分为雄浑、冲淡、纤秾、沉著、高古、典雅、洗炼、劲健、绮丽、自然、含蓄、豪放、精神、缜密、疏野、清奇、委曲、实境、悲慨、形容、超诣、飘逸、旷达、流动二十四品,“诸体毕备,不主一格”,对各种相近、相异以至相反的诗歌风格类型,都作了充分的描绘、比较和说明,其细密详赡的程度,大大超越了前人。这种汇集和分类工作,对于启发人们认识艺术风格多样化,揭示诗歌创作的广阔道路,无疑是很有意义的。

用比喻象征的方法摹写一种艺术风格的特征,使人们易于感知和把握,这是我国古代风格论的特点和优点之一。这种方法在魏晋南北朝时期已经相当流行,起先用来品评人物,后来移用于评论作品。司空图充分运用了这种传统的方法。例如他以“天风浪浪,海山苍苍”比喻“豪放”之风的境界开阔;以“如渌美酒,花时返秋”比喻“含蓄”之风的欲露还藏;以“杳霭流玉,悠悠花香”比喻“委曲”之风的幽婉曲折;以“采采流水,蓬蓬远春”比喻“纤秾”之风的生机勃发;以“空潭泻春,古镜照神”比喻“洗炼”之风的明澈纯净;以“荒荒油云,寥寥长风”比喻“雄浑”之风的浑沦一气,鼓荡无边;以“巫峡千寻,走云连风”比喻“劲健”之风的真力弥漫,气充势足。这些比喻是如此鲜明生动,新颖独创,不仅使人如见其形,如闻其声,而且还能给人以诗意的美感享受。司空图还把这种比喻象征的范围加以扩大,有时通篇描写能够表现某种风格特征的自然美景,启发读者去体会这类风格。例如:“娟娟群松,下有漪流。晴雪满汀,隔溪渔舟。”(《清奇》)“露馀山青,红杏在林。月明华屋,画桥碧阴。”(《绮丽》)作者通过这两个意境仿佛告诉我们,前者清澄明秀,这就是清奇之风的特征;后者色彩明丽,这就是绮丽之风的面貌。司空图还经常在自己描写的自然美景中点缀一个典型人物,“冲淡”中有“阅音修篁,美曰载归”的隐士;“高古”中有“手把芙蓉,泛彼浩劫”的畸人;“清奇”中有“神出古异,淡不可收”的可人;“悲慨”中有拂拭宝剑,“浩然弥哀”的壮士。这种人物的思想感情与作者描写的自然景物和谐地融合为一体,情景相生,化静为动,从而更加充分、更加形象地展示了各种诗风的面貌,增强了诗论的艺术魅力。有人称赞它像王维的风景诗一样“诗中有画”,指出它“摹绘之工,造语之隽”,充分体现了“作诗之妙”,并不是过誉②。《诗品》以诗笔写诗论,不仅使后人赞叹不已,竟相模仿,而且对于今天也是很有启发的。

作为诗歌作品的风格,虽然首先是属于外在的形式范畴的东西,但是,这种形式与艺术家的世界观和创作个性,作品的题材和内容有着密切的、不可分割的联系。因而,艺术风格又必然是艺术家主观与客观相统一,作品内容与形式相一致的结果。司空图非常重视这一点,他在着力描摹刻画各类风格外貌特征的同时,总是注意揭示形成这类风格的内部原因,强调艺术家思想修养、人生态度与作品艺术风格之间的密切关系。他在《冲淡》中说“素处以默,妙机其微”,认为只有那种“平居淡素,以默自守”,具有淡泊人生态度的隐逸之士,才能充分领略冲淡诗风的微妙之处,写出真正体现冲淡风神的优秀作品。在《高古》中又说:“虚伫神素,脱然畦封”,指出只有思想上具备了高古的素质,才能摆脱浅近和凡庸的弊病,表现出高古之风的精神。这些意见,强调了艺术家思想修养与艺术风格的密切联系,指出了人生观、思想修养对于艺术观、艺术风格的主宰作用,是很有意义的。不仅如此，司空图还进一步从艺术家的生活环境，社会实践和当时的社会历史状况，探索形成某些艺术风格的具体原因。例如在《疏野》和《旷达》中，作者分别描写了在老庄哲学影响下避世幽居的两种士大夫的典型，阐述了这种人生态度和生活方式与艺术风格之间的关系。前者提倡返朴归真，从率性适意中求得精神的自我满足，在思想上体现了道家的“性”对于儒家的“礼”的批判，在艺术上宣扬老庄崇尚自然美的旨意，追求自然真率的诗情诗趣；后者也以老庄哲学为人生根柢，提倡以及时行乐来排解内心的积愤，从相对主义、虚无主义中寻求精神解脱，因而在诗风上呈现出表面旷放通达，实际上消极颓废的悲观色彩。虽然由于历史的局限性，司空图对这类主要表现古代失意的士大夫审美趣味的艺术风格，往往评价过高，失之片面，但他能够精细辨析相似艺术风格背后同一思想资源的差异，这种努力是很可贵的。司空图还探究了社会政治原因对某种艺术风格的直接影响。他在《悲慨》中说“大道日往，若为雄才？壮士拂剑，浩然弥哀”，正确指出了悲慨的诗风来自悲慨之情，而在传统社会中，理想政治的破灭这种现实生活的感受，是产生悲慨之情的主要社会根源。这种观点，值得我们重视。

司空图对艺术风格的表象与内涵、内容和形式的辩证关系，也有深刻的理解。他指出，艺术风格应该是表与质，内容与形式的有机统一。正如刘勰所说的：“情动而言形，理发而文见，盖沿隐而至显，因内而符外者也。”③司空图首先认为，形式是内容的表现，艺术作品的外部风貌是由它的内涵决定的。他在《雄浑》中说“大用外腓，真体内充”，指出充实丰富的内涵是形成体大思宏的基本条件；在《劲健》中又说“喻彼行健，是谓存雄”，强调只有内涵了雄浑之气，才能形成挺拔刚健的诗风；在《洗炼》中说“体素储洁,乘月返真”,说明只有对作品的内容充分提炼加工,去芜存精,去粗存真,外表才能与之相拍合。司空图又认为,作品的内容与形式应该达到高度的统一,内容决定形式,形式表现内容,这就像水流花开般自然,不必,也不能有任何勉强。“持之匪强,来之无穷”(《雄浑》),“遇之匪深,即之愈希”(《冲淡》),“真予不夺,强得易贫”(《自然》),都从不同的角度强调了这一点。司空图还认为,风格的内涵并不是一朝一夕能够形成的,它是诗人生活经验和艺术经验长期积累的结果。他在《劲健》中说“饮真茹强,蓄素守中”,指出只有积蓄了真实的豪情和强劲的气势,才能够形成劲健的诗风。但是应该指出,司空图所说的内容,往往是抽掉了具体人事物象的抽象观念,加之他深受老庄哲学影响,喜欢搬用晦涩的哲学概念来表述自己的艺术创作理论,这就使他的论述过多地带着神秘的玄学色彩,不必要地增加了后人理解上的困难。此外,《诗品》在风格概念的分类上,有时缺乏明确的界限,有时失之于细琐,对作者偏爱的风格,则往往倾好过甚,偏于一端。有时甚至把人生态度上的取向也列为诗风诗貌,这些都是司空图风格理论的缺点。

二

在摹状各类诗歌风格面貌并揭示其内涵的同时,《二十四诗品》还对艺术家如何表现客观对象、形似与神似、色彩的浓与淡、典型化的方法等一系列有关诗歌美学的重大问题作了探索,提出不少精辟的意见。这些意见虽然常常还不具有完整的理论形态,但却是作者艺术实践的经验总结。有些意见新颖独到,深刻凝炼,往往足以启人深思。这里略举四端:

(一)“乘之愈往,识之愈真。”客观世界是艺术的源泉,这是一条普遍的规律。作为抒情艺术的诗歌在反映现实,摹写客观对象时虽然总是带着浓烈的主观色彩,但这只是说明诗歌在反映客观世界时有着不同于其他艺术的特点,决不是说诗歌可以脱离这种规律的支配。司空图对于这个问题的看法是矛盾的,既有积极、正确的一面,又有消极、错误的一面。《纤秾》说“乘之愈往,识之愈真”,作者认为,大自然中蕴藏着无限丰富的诗美源泉,诗人只要不断深入地研究、观察、体验,拨冗汰芜,去粗存真,就一定能够发掘出更多的诗美矿藏,创造出更加优美的艺术形象和意境。由于司空图长期过着退隐田园的生活,他的着眼点更多地放在摹写自然景色上,而对更为重要、更加丰富多采的社会生活有所忽略,这是一个很大的缺陷。但是,他承认客观世界是艺术的源泉,强调诗人应在观察和体验自然中认识和把握诗美的真谛。这说明在艺术与客观世界这个根本问题上,司空图并不是一个唯心主义者。司空图不仅承认客观世界是诗歌的源泉,而且进一步强调,诗人在描写对象、反映对象的过程中,必须使自己的认识符合客观的规律。《自然》在谈到如何掌握自然风格的特点时说“俱道适往,著手成春”,又说“真予不夺,强得易贫”,深刻地指出:只有诗人的认识符合了客观规律,诗人的创作顺应了客观变化,才能够“如逢花开,如瞻岁新”,毫不费力地掌握自然的诗美,创造出优美的艺术形象;相反,如果违背了这种规律,就会使诗歌丧失自然之趣,使艺术形象显得矫揉造作,缺乏生气。司空图还认为,作为审美对象的大自然丰富多采,千变万化,因而人们在摹写它表现它的时候,任何技巧的运用都应该是“道”的自然表现,适应自然的规律,根据不同的内容而采取各种不同的形式,而不能泥固墨守,生搬硬套。《委曲》说“道不自器,与之圆方”,《流动》说“夫岂可道,假体遗愚”,都是在强调这样一点:符合自然是诗人运用一切技巧的最高原则。司空图的这种理论,是与晚唐时的形式主义诗风相对立的。

但是,司空图在世界观和方法论上深受老庄哲学的影响。老庄哲学是自然神论者。这种哲学认为,在自然与人之间,自然是绝对的高于人的,人只能体悟自然的伟大,反映自然的伟大,而不可能完全认识它,更无法超越它。正是在这种哲学观点的影响下,司空图在强调自然美的客观性、规律性和丰富性的同时又走向了另一个极端。他忽视了艺术创作是人的社会活动的一部分,大自然只是客观的自在之物,于人本无所谓感情,也不会示人以喜怒哀乐,只不过人们活动于大自然,生命过程中遇到了顺逆否泰,于是对环境产生了悲愁愉悦之情。杜甫诗《春望》:“感时花溅泪,恨别鸟惊心。”花当然不会因感时而流泪,鸟当然也不可能为恨别而惊心,这完全是身处战乱时诗人杜甫主观心情的外化,也就是王国维所说的“以我观物,故物皆著我之色彩”也。贫苦诗人贾岛诗“望水知柔性,看山欲倦魂”,词人冯延巳“泪眼问花花不语,乱红飞过秋千去”,秦少游“郴江幸自绕郴山,为谁流下潇湘去”,姜白石“数峰清苦,商略黄昏雨”,辛弃疾“我见青山多妩媚,料青山见我亦如是”,都是他们借助大自然的景色在表现自己内心的悲愁悒郁之情,是作者们在艺术创作活动中,努力发现美、再现美和创造美的结果。可是司空图没有认识到这一点。他从老庄哲学自然无为论的观点出发,反反复复地强调:“妙造自然,伊谁与裁?”“遇之自天,泠然稀音。”仿佛诗人在表现丰富多彩的大自然时完全是无能为力的。事实上大自然从来都是无情之物,不管诗人如何“素处以默”,如何“乘之愈往”,都无法直接“由道返气”。当然,司空图这种理论观点,是受限于当时的理论认识水平,后人不必苛求。

（二）“离形得似，庶几斯人”。在我国古代艺术理论史上，长期以来一直存在着“写形”与“写神”两种意见。简单地说，写形者着重摹写客观对象的外形外貌，例如沈约批评司马相如的大赋“巧为形似之言”，钟嵘评论鲍照诗歌“善制形状写物之辞”④，都是指此而言。而写神者则强调表现客观对象的精神韵味。这种理论滥觞于先秦，形成于魏晋，例如《庄子·田子方》中宋元君将画图的故事，就开始重视超越形貌，表现神彩；魏晋时评论人物重视风神，绘画讲究“传神写照”，如《世说新语·巧艺》记载顾恺之说：“四体妍蚩，本无关于妙处，传神写照，正在阿堵中。”南朝齐谢赫《古画品》说：“虽略于形色，颇得神气。”到唐代，经过杜甫的热心提倡，司空图的总结与鼓吹，在宋以后的艺术理论中，这种“写神”的主张渐占优势，并成为我国古典艺术理论的传统特色之一。从主张“写形”到认识“写神”的重要，并且产生了对形似论者的批评，这是艺术欣赏进步的表征之一。但是严格地说，这种区分并不科学，因为“形恃神以立，神须形以存”，在一般情况下神总是附形而存在，不可能有完全脱离“形”而独立存在的“神”，诗歌是如此，造型艺术也是如此。司空图反对单纯追求“极貌以穷形”的形似，批评那种刻板地拘泥于客观对象外貌细节描摹刻划的表现方法。他在《冲淡》中说“脱有形似，握手已违”，在《形容》中又说：“离形得似，庶几斯人”，概括了他这一理论的基本内容。应该说明，司空图提出的“离形得似”，并不是简单地要求人们脱离事物的“形”去表现它的“神”，而是提出了这样一种见解，即诗人如果企图表现客观对象的精神本质，就不能单纯地去摹写其外形的轮廓细节，而应该如《雄浑》所说的那样：“超以象外”，只有超越描写对象的表象，才能“得其环中”，抓住客观对象的精神本质，从而达到形容的极致——神似。在《二十四诗品》中，作者从不同的角度反复强调了这一重要的美学观点。他说，只有不满足于表面的宏伟壮观，而能够“真体内充”，“返虚入浑”，诗歌才能真正具有雄浑之美；他认为冲淡之风是诗人人生态度和艺术修养的综合体现，讥笑那些描摹冲淡仅得其形貌者“握手已违”；他指出，绮丽之风并不在华辞丽藻，“神存富贵，始轻黄金”，字面的绮丽远不及内涵绮丽重要；他强调洗炼之风在神不在貌，“空潭泻春，古镜照神”，提炼形象的意义远过于锤词炼句；他批评有的人不了解流动之美首先在于全篇的气脉，而不在于一枝一节，因而那些比喻即使相当形象，仍不免“假体遗愚”，难以表达流动之美的完整意义。可见，司空图的确反对那种一味粘着事物表象，刻意追求外形肖似的表现方法，认为这样做的结果反而貌合而神离，如此之似，不如不似。但是司空图并没有轻视写形、鄙弃形象描绘的意思。《四库全书总目提要》指出：司空图写作《二十四诗品》，“各以韵语十二句体貌之”。所谓“体貌”，就是指描绘各类风格的形象。当然在这种描绘中，作者并没有刻板地去描摹各类风格的外形，而着重表现它们的风神，从而成功地展示了它们各具特色的精神面貌。

司空图如此强调“写神”，还与他着重研究的山水田园诗的特征有密切关系。我国古代的山水田园诗，实质上是一种抒情诗，是以山水田园寄托诗人主观感情的抒情诗，所谓“山性即我性，水情亦我情”，就是此意。这种特点愈到后来愈见其鲜明。白居易就说过：“谢公才廓落，与世不相遇。壮士郁不用，须有所泄处。泄为山水诗，逸韵响奇趣”。⑤指出我国山水诗派的开创人谢灵运，他的山水诗创作就是一种感情的宣泄和寄托。如果说在南北朝时代，山水诗创作中还存在着“窥情风景之上，钻貌草木之中”的摹山范水的倾向，那末到了唐代王维、孟浩然等人的诗中，风景田园就几乎完全是诗人寄慨的工具了。苏东坡说：“味摩诘之诗，诗中有画;观摩诘之画,画中有诗”[⑥],实际上就是指王维诗情中有景,景中见情。山水自身当然本无感情可言,所谓“山性水情”者,不过是人们附加的东西;山水其实也无所谓神,“这里的意蕴并不属于对象本身,而是在于所唤醒的心情”[⑦]。在这类作品里,人们所赞赏的并不是对象的描写刻划如何完整工细,纤微毕肖,而是刻烙在风光事物上的艺术家的感情。“无边落木萧萧下,不尽长江滚滚来”,正以见杜少陵穷年漂泊、忧国忧民之慨;“漠漠水田飞白鹭,阴阴夏木啭黄鹂”,正以见王摩诘隐退闲居、淡雅幽寂之致[⑧],因而在不同读者的心中引起了诗意的感应。山水田园诗如果不能在其间表现出作者的社会阅历及其精神面貌,就不能满足人们各种不同的的审美要求。王国维说得好,“一切景语皆情语也”。艺术表现的所谓传神与否,实际上并不在于是否忠实地摹写了客观对象的外形,而在于通过这种描写是否形象地、生动地、典型地再现了诗人某种特定的感情、心绪和意念。因而有时在抒情诗中甚至还会出现这样的情况:如果过于精细地描绘了某种具体的景物,反倒可能破坏诗人追求的理想艺术效果。所以司空图说的“离形得似,庶几斯人”,正是对古代抒情诗这种艺术特点的审美总结。诗歌历史的实际情况表明,这种说法是有一定道理的,简单地斥之为唯心主义,实在是出于误解。在唐代诗歌中,且不说那些借山水田园寄慨的抒情诗,即便是那些优秀的咏物诗,它们之所以能在读者心中引起共鸣,产生美感,往往并不是由于诗人体物的极端工细,而在于通过与此物相关的某些细节,或引喻设譬,或托物言志,抒写申发了作者在特定场景中的领悟、感受、欢乐、痛楚,这种感情拨动了读者的心弦,启发了读者的联想,产生了言已尽而意不尽的艺术效果。例如,杜甫诗集中有许多咏马诗,但哪一首没有寄托着诗人的身世之感和慷慨之思呢?古今咏梅的诗歌真是数不胜数，而苏轼的《红梅》、谢枋得的《武夷山中》、王冕的《墨梅》为何独独脍炙人口呢？就是因为诗人能够超越梅花之形而写出梅花之神，通过对梅花的审美感受，表达出诗人主观的感情和心绪，或是对"冰容不入时"的感叹，或是对民族气节的讴歌。这种感情和心绪表达了作者的人格榜样和精神力量，反映了时代的精神，因而感动了无数的后人，引起了广泛强烈的共鸣。由此看来，司空图反对艺术表现中的写形说，强调超越客观对象的形貌去表现它的精神意趣，实在是我国诗歌史中曾被一再提出和证实了的一条重要的美学原则。它对于今天的诗歌创作，仍旧有着不可否认的指导意义。

（三）"浓尽必枯，淡者屡深"。司空图是冲淡自然之美的赞礼者，这种审美观点，像一根主要的线索贯穿于《二十四诗品》之中。他对于"冲淡"的要求是"饮之太和，独鹤与飞"，赞美这种诗风给人的感觉"犹之惠风，冉冉在衣"；在和淡中掺入了清新之气而成为"清奇"时，诗风又变成了"如月之曙，如气之秋"；在清奇中揉合了道家风貌时，诗风又变得超凡脱俗，飘逸绝尘，就像"缑山之鹤，华顶之云"，"太华夜碧，时闻清钟"。在《典雅》、《疏野》、《飘逸》诸品中，作者又指出，由于身世际遇和人生态度的差异，又各各表现为或则优雅闲淡，或则率性疏放，或则飘忽超逸的风致。这类诗风在审美要求上的主要特点是自然、和谐、适度，因而它体现在外貌上又有自然和畅的特征，诗思飘来如"过水采苹"，笔之所到则"著手成春"，悠悠然就像那天乐和声。在《二十四诗品》中，同时还标列了"雄浑"、"劲健"等属于壮美的风格类型，也标列了"纤秾"、"绮丽"等色彩比较浓丽的风格类型，这说明司空图的审美视野是比较开阔的，并不完全偏于一端。在司空图看来，壮美、浓丽之风与冲淡、自然之趣并不是完全对立的，两者往往能够在一个总的原则下统一起来。他在《绮丽》中就努力企图把华丽的诗风同冲淡自然的诗美糅合起来,创造出一种寓丽于淡、淡中见丽的新诗风。司空图认为,诗歌语言色彩的浓与淡是对立统一的辩证关系,因而提出了"浓尽必枯,淡者屡深"这样一个富有启示性的审美判断。这里所说的浓,不仅是指浓词艳采,而有着更加广泛的含义。明陆时雍《诗镜总论》说:"气太重,意太深,声太宏,色太厉,佳而不佳,反以此病。"艺术上任何一种方法的运用,都必须掌握谐和、适度的原则,要讲究分寸,否则,就可能适得其反。这里所说的淡,也不是指浅淡寡味,而是"陶溶气质,消尽渣滓"所达到的高度和谐、浑成的境界,往往是艺术家思想修养和艺术修养充分成熟的表现,只有这样的"淡",才能具备"似淡实深"的美感特质。

用这个标准检验一下诗歌艺术的历史,是很有意思的。我国古代诗歌从魏晋开始,讲究语言的色泽,讲究对偶和声律。曹丕说"诗赋欲丽",陆机说"其遣言也贵妍"⑨,就是这种趋势的理论反映。诗歌当然应该讲究表现技巧,注意形式美,从文学发展的角度看,曹丕和陆机的主张是有积极意义的。但是南北朝诗歌在发展过程中,却出现了单纯追求形式美的倾向,过分地讲究辞藻、声律、对偶和用典,其结果是"佳而不佳,反以此病"。所以李白批评说:"自从建安来,绮丽不足珍。"《南史》中曾记载了这样一件事:"(颜)延之尝问鲍照,己与谢灵运优劣。照曰:'谢公诗如初发芙蓉,自然可爱;君诗如铺锦列绣,亦雕缋满眼。'延年终身病之。"为什么鲍照的批评使颜延之这么难过,以至"终身病之"呢?因为他击中了颜延之诗歌内容空虚、一味追求华辞丽采的致命弱点。这种诗,正如刘勰所讲的那样:"繁采寡情,味之必厌。"因此广义地说,唐代的古文运动,宋初的诗文革新运动,撇开其内容的原因之外，从艺术上看，其实也是这条美学原则在起作用。

苏东坡对浓与淡的这种辩证关系有着深刻的理解。他评论韦应物、柳宗元的诗“发纤秾于简古，寄至味于淡泊”，又说：“所贵乎枯淡者，谓其外枯而中膏，似淡而实美，渊明、子厚之流是也。”又说：“渊明作诗不多，然其诗质而实绮，癯而实腴。”[10]苏东坡认为陶渊明、韦应物、柳宗元诗的最大特点是看上去好像枯淡质朴，实际上却丰茂华美，这种寓丽于淡、淡中见丽的诗美是一种更高级别的美，它“如人食蜜，中边皆甜”，具有特殊的美感力量。由于晚年的身世遭际，苏东坡对这种诗美有所偏爱，以至于认为陶渊明的成就为李白、杜甫所不及，这当然未免偏仄。但是他发挥了司空图的美学观点，对浓与淡的辩证关系作了深入的研究，深刻地阐述了陶渊明等人诗歌似淡实深的美学特征，对后人是很有启发的。

（四）“浅深聚散，万取一收”。在纷纭复杂的大千世界，诗人要表现的客观对象千差万别，千变万化。用什么方法才能够艺术地选择、提炼、集中和概括，创造出反映事物本质特征的艺术形象呢？司空图在《诗品·含蓄》中提出了“浅深聚散，万取一收”的原则。“万取”就是取之于“万”，“一收”就是收万于“一”。这是对诗人如何进行艺术概括、创造典型艺术形象这一创作过程的生动说明。“万”是指纷繁复杂的客观万物，它们像“悠悠空尘，忽忽海沤”那样“浅深聚散”，飘浮不定；“一”是指艺术家从“万物”中萃选出来，用以表达“万物”的典型个案，这选出的“一”，以其本质性、典型性、深刻性概括了、表征了悠悠忽忽、千千万万的同类物象，“一”来自“万”，反映“万”，而又高于“万”。《洗炼》说“犹矿出金，如铅出银”，“万”就好比矿与铅，“一”就好比金和银，洗炼的过程就是“万取一收”的过程；《雄浑》说“超以象外，得其环中”,“万”就是“象外”,“一”就是“环中”,超越表象,把握本质也就是“万取一收”之目的;《形容》说:“离形得似,庶几斯人”。抒情诗中的艺术形象虽然常常以诗人本人为主体,带有浓厚的主观色彩。但诗人是社会的人,现实的人,历史的人,他的主观感受往往直接或间接地反映了某一阶级、阶层、集团、群体的感情和愿望、利益和要求,因而他所创造的艺术形象应该既是独特的,鲜明地刻烙着作者创作个性的印记,同时又具有普遍性的意义,深刻地表现、反映着社会和时代。屈原“凤凰在笯兮,鸡鹜翔舞”的悲愤,左思“世胄蹑高位,英俊沉下僚”的哀叹,杜甫“朱门酒肉臭,路有冻死骨”的不平,李商隐“春蚕到死丝方尽,蜡炬成灰泪始干”的坚贞,文天祥“人生自古谁无死,留取丹心照汗青”[11]的正气,正因为是从无数社会生活现象中概括、集中、凝炼而成的典型艺术形象,因而表现了一定的社会本质,说出了人们心中的共同感受,千百年来,引起了无数读者的共鸣。司空图认为,“万取一收”是进行艺术概括的原则。强调“万取”,就是强调诗人应有丰富的多方面的艺术和生活积累,也就是《雄浑》所说的“具备万物”,《劲健》所讲的“蓄素守中”,只有这样,诗人在进行艺术构思时才能够“真力弥满,万象在旁”,浮想联翩,形象纷至沓来;而强调“一收”就是强调高度的概括性和形象的典型性,只有这种集中的、统一的、凝炼的艺术形象,才能具有更大的普遍性,才能引起更加广泛的共鸣。司空图的这种理论,充满着艺术辩证法的精神,是对我国古代艺术理论的重要贡献。

三

司空图的诗美理想是“韵外之致”,这种理论一出,把中国诗歌理论的审美趣味领到了一个新的境界,很快得到了大家的认可、赞许，这种理论在宋代以后成为相当一部分士大夫竞相趋慕的审美风尚，不仅对诗歌，而且对其他艺术也产生过广泛的影响，其流风馀韵，历千年而不衰。从苏东坡的艺术理论到严羽的《沧浪诗话》，从王渔洋的神韵说到王国维的境界说，与它都有一脉相承的关系。什么是“韵外之致”呢？后人的理解极为分歧。司空图《与李生论诗书》说：“噫！近而不浮，远而不尽，然后可以言韵外之致耳。”《与极浦书》又说：“戴容州云：‘诗家之景，如蓝田日暖，良玉生烟，可望而不可置于眉睫之前也。’象外之象，景外之景，岂容易可谈哉！”[12]这两段话集中表明了“韵外之致”的基本内容和特征。在《超诣》中，司空图又为这种诗美描绘了一副空灵微茫、可望而不可即的玄妙形象：“匪神之灵，匪机之微。如将白云，清风与归。远引若至，临之已非。少有道契，终与俗违。乱山高木，碧苔芳晖。诵之思之，其声愈稀。”这种描写给“韵外之致”的理论披上了一层玄秘的薄纱，后来经过严沧浪、王渔洋的引申发挥，变得更加迷离恍惚，充满了神秘色彩。其实诗歌的“韵外之致”并不神秘，透过迷人眼目的雾翳，人们完全可以对它作出合理的说明。

从司空图自己的表述我们可以知道，具有“韵外之致”的前提是先要做到“近而不浮，远而不尽”。所谓“近而不浮”，是指写情写景鲜明显豁，如在目前，而又不浮薄浅露；所谓“远而不尽”，是指诗歌的形象和意境要能够引发读者的感情和联想，诱导他们去体会诗句之外的意趣韵味，寻味言已尽而意无穷的艺术境界。“近而不浮”要求浑成之美，要求创造饱满、充实、浑成的艺术形象；“远而不尽”强调“味外之旨”，追求委婉、曲折、醇厚的情趣韵味。司空图认为这两种诗美分别代表了盛唐诗风的两个不同侧面，只有它们和洽地融合在统一的诗歌作品中，才能构成“韵外之致”的理想诗美。

“韵外之致”的第二个特点是强调好诗须有“象外之象，景外之景”。司空图描绘说，这种“象外之象，景外之景”的形态特征是“可望而不可置于眉睫之前”，它“远引若至，临之已非”，“诵之思之，其声愈稀”。你仿佛可以感知，但又难以确指，你虽然可以领略、寻味，但又无法切实地把握和描绘。其实诗歌的这种“象外之象，景外之景”是由古代诗歌独特的抒情方式造成的一种美感特征。这是由于诗人在表达感情时不采用直接抒情的方式，而采用比兴的方法，象征的方法，或寄情于景，或托意于物，通过各种特定的感情意象，把主观的感受，间接地透露和暗示给读者；因为诗人是通过寄托、暗示和象征这类间接的方式传情达意的，所以读者仿佛觉得象外有象，景外有景，在作者直接描写的艺术形象之外，还有某种足以启发想象和联想的东西。所谓“可望”者，就是诗歌直接描绘的艺术形象，所谓“不可置于眉睫之前”者，就是读者从这种艺术形象引起的想象和联想。没有第一个“象”当然不会有“象外之象”，从第一个“象”到第二个“象”的转换过渡中，确实有着内在的必然联系，因而人们从某一具体作品的形象中引起的联想，应该有一定的方向和范围，只能在展开中作大致相近的推演。但是，“象外之象”毕竟是读者的联想，有赖于读者的再创造，因而其界域又仿佛是深迥无垠的，可让人们自由地游思骋想。诗歌能否产生“象外之象”，首先取决于直接描绘的形象是否鲜明生动，饱满真实。如果这种形象本身就苍白、贫弱，浮薄浅露，那就不可能引起读者的情思，产生“象外之象，景外之景”的诗意美感。

在我国古代抒情诗中，确实存在着这样一种诗美。这类作品情景相洽，托意深婉，情思隽永，韵味悠长，往往能引发“象外之象”的联想，产生“近而不浮，远而不尽”的“韵外之致”。例如李白诗《独坐敬亭山》：

“众鸟高飞尽，孤云独去闲。相看两不厌，唯有敬亭山。”

又如王维诗《鹿柴》：

“空山不见人，但闻人语响。返景入深林，复照青苔上。”

李白诗表面写看山时所见所感。诗人独对青山，唯见飞鸟消失在视野之外，孤云在碧空悠悠远去。但是读者不禁要问，以李白的天才学问，奇情壮采，为何竟至于独坐看山，寄情山水，只有青山作伴，山灵相契呢？那高飞的众鸟，孤独的流云，是不是寄托着诗人悲凉孤寂的情怀和漂泊无依的感喟？诗中隐约透露出来的那种寂灭、归依之情，不正暗示了诗人对尔虞我诈、险恶纷竞的官场生活的失望、反感和厌恶，对山水田园的赞美、向往和眷恋吗？李白是谢朓的仰慕者，“解道澄江静如练，令人长忆谢玄晖”，这座曾经留下谢朓游踪的敬亭山，莫非又牵动了李白对这位古代诗人的追思之情和知己之感？

王维诗《鹿柴》的特点也与此相似。诗歌直接描绘的形象仅仅是山林深处的一片夕照。但是这种自然景色所产生的幽冷空寂的气氛，却衬托出诗人表面恬淡闲远，实际空虚孤独的情怀。诗人何意瞩目于苍苔上的夕照？岂不是分明透露出对于时光流逝的淡淡哀愁？这种哀愁表明，“诗佛”王维在隐退闲居、遁迹禅林的背后，内心仍旧隐藏着矛盾和痛苦。虽然在释道哲学的冲洗之下，这种矛盾痛苦只隐约地留下了一丝痕迹，但是细心的读者还是不难察觉。王维这类诗歌之所以能够打动人心，正是通过自然景色的精致描绘所透露的这种感情，而不是它所寄托的宗教哲学理念。总之，这种诗歌所直接描绘的形象虽然是有限的，但它所引起的联想却是悠远的，无穷的。为有共同阅历、襟怀和修养的读者，提供了驰骋遐想的天地。

既然“韵外之致”是一种实际存在的可以感知的艺术美，那么，从方法上说，也必然可以近似地给予概括和描述。这种方法就是司空图自己在《与王驾评诗书》中提出的“思与境偕”。“思”是诗人主观的感情、意绪和观念，“境”即借以寄意的客观环境或景物。诗人在进行创作时融情入景，寄意于象，达到主观和客观、感情和景物的高度融和一致。其实这就是古代诗歌传统的情景交融的艺术方法。融情入景，则寄托深遥，不着迹象；寄意于象，则情韵吞吐，含而不露，这样，韵外之致也就不招而来了。但是，司空图对这种情景相交的方法提出了极高的标准。他强调情景交融应该完全不露痕迹：“是有真迹，如不可知”，“俱似大道，妙契同尘”，甚至认为这种精妙的契合简直非人力造作所能达到：“识者已领，期之愈分”，“妙造自然，伊谁与裁”。因而有时候似乎只能仰仗灵感的自然触发：“情性所至，妙不自寻”，“薄言情晤，悠悠天钧”。司空图对艺术创作过程的描绘和叙述是正确的、精到的，他这些概括和表述既有正面的审美体悟和经验总结，也有反面的告诫和提醒，把诗学理论从古人的“比兴”说，提上了一个新的台阶。

“韵外之致”并不同等于含蓄。但是，自从王士禛在《香祖笔记》中把两者并提之后，人们往往把司空图“不著一字，尽得风流”的含蓄风格与“近而不浮，远而不尽”的“韵外之致”混为一谈，这实在是后人的误解。含蓄相当于刘勰所说的“隐”，其特点是“义生文外”，不直言说破，而引导读者自己去领会追索。例如唐代诗人金昌绪的《春怨》：

“打起黄莺儿，莫教枝上啼。啼时惊妾梦，不得到辽西。”

诗歌的主题无非是写思妇的愁怀。但作者并不直接去描写思妇对征人的怀念，而是从赶走婉转啼鸣的黄莺，以免惊醒好梦，

使她不能在梦中与良人相见说起，通过巧妙的构思，把急切的思念之情表现得异常曲折含蓄，耐人寻味，因而极大增强了诗歌的艺术魅力。但是不管作者的构思是多么巧妙曲折，这首诗的基本含义却包括在题内，如果一经点明，也未必有多少味外之旨。而“韵外之致”主要以富有启发性、暗示性的艺术形象取胜，它并不要求隐而不说，有时正面的描写，直切的叙述，一样能够引起人们的不尽之思。像前面所引李白的《敬亭山》和王维的《鹿柴》，几乎纯是白描，并无曲折隐晦之处。但是，诗人的主观感情完全融合渗透在对自然景物的选择、剪裁和描绘之中，达到了情景交融的极致。它那明晰而不浅露，真切而又浑成的艺术形象，感染着读者，引发了他们的情思，造成了“象外之象”的联想’，产生了“近而不浮，远而不尽”的“韵外之致”。总之，含蓄和韵外之致虽然都讲究以少胜多，但含蓄叫人寻味题内的东西，往往具有可以把握的确切答案，而韵外之致却主要引导读者体会题外的东西，是没有界限的展开性的联想；含蓄仅仅是司空图肯定的一种风格类型，而韵外之致则表现了他的诗美理想，两者的差别是明显的。

司空图的“韵外之致”说，确实指出了我国古代抒情诗中一种迷人的诗美，给后人的诗歌创作和艺术欣赏以有益的启迪。从此在我国古代诗歌理论中开创了一种与传统儒家诗教大异其趣的理论流派。这种理论虽也招致了不少批评和非议，但是影响愈来愈大，在后世简直成了人们竞相追慕的审美风尚。但是，这种理论有着相当大的局限性。在浩瀚的唐代诗海中，司空图不取李白的豪迈飘逸，杜甫的沉郁顿挫，讽刺元稹、白居易是“都市之豪估”，而独独标举以王维为代表的“韵外之致”，这当然与作者的政治思想，身世阅历与生活环境有密切关系。司空图早岁信奉儒术，颇有经国济时之心，晚年隐退山林，寄情释道，只求避世全身。

这种哲学倾向和生活环境很自然地使他与王、孟一类隐逸诗人在思想感情和审美趣味上一拍即合。“韵外之致”主要笼括了古代诗歌中山水田园诗的美学特征，表现了士大夫隐退闲居时的审美趣味。这虽然也是广大诗林中的一枝乔木，但并不是全部森林。郑板桥曾经说过：“文章以沉著痛快为最，左、史、庄、骚、杜诗、韩文是也。间有一二不尽之言，言外之意，以少少许胜多多许者，是他一枝一节好处，非六君子本色也。而世间娓娓纤小之夫，专以此为能，谓文章不可说破，不宜道尽，遂訾人为刺刺不休。夫所谓刺刺不休者，无益之言，道三不着两耳。至若敷陈帝王之事业，歌咏百姓之勤苦，剖析圣贤之精义，描摹英杰之风猷，岂一言两语所能了事？岂言外有言、味外取味者所能秉笔而快书乎？……至今之小夫，不及王、孟、司空万万，专以意外言外自文其陋，可笑也。”[12]郑板桥肯定了“韵外之致”以少胜多的好处，指出它在表现重大题材时的局限，尤其尖锐批评了后代那些专用这种理论“自文其陋”，以“神韵”一类标牌来掩饰其生活体验的贫乏和作品内容空虚的士大夫们的浅薄可笑，是相当有见地的。

四

本书包括今译、注释、诠析三个部分。今译和注释主要帮助读者理解原文的含义，因此，译文力求通顺流畅，不离原意；注释力求简明扼要，删芜去杂。在诠析部分，则尽可能结合文学和历史的背景，对文中涉及的某些重要艺术理论进行比较具体的分析和探究。为了帮助读者理解和把握各种风格的基本特征，在这部分还引用了一些唐、宋诗作品，用以印证《二十四诗品》的理论。

罗仲鼎　蔡乃中

写于 1982 年 7 月，改于 2013 年 5 月

【注释】

①⑨曹丕《典论·论文》,陆机《文赋》。

②清无名氏《司空表圣二十四诗品注释叙》。

③刘勰《文心雕龙·体性》。

④沈约《宋书·谢灵运传论》,钟嵘《诗品·宋参军鲍照》。

⑤白居易《读谢灵运诗》。

⑥苏轼《书摩诘蓝田烟雨图》。

⑦黑格尔《美学》。

⑧杜甫诗《登高》,王维诗《积雨辋川庄作》。

⑩苏轼《书王子思诗集后》,《评韩柳诗》,《与苏辙书》。

⑪屈原《九章·怀沙》,左思《咏史·郁郁涧底松》,杜甫《自京赴奉先县咏怀五百字》,李商隐《无题》,文天祥《过零丁洋》。

⑫"蓝田日暖,良玉生烟"原意指的是一种地表空气的物理现象。在我国北方,当大地被太阳烤晒后,地面形成的反射热将近地空气加热,并因之膨胀腾升,在腾升过程中,远远看去,只见热空气后面的景物,如隔了一层透明的烟气在扭曲晃动。蓝田地方多产深绿色的美玉,曰"蓝田玉",世人便附会说是良玉产生了烟气。

⑬郑燮《潍县署中与舍弟第五书》。

一　雄　浑

大用外腓　真体内充
返虚入浑　积健为雄

具备万物　横绝太空
荒荒油云　寥寥长风

超以象外　得其环中
持之匪强　来之无穷

【今译】

外形上如此地浑灏壮宏，
只因通体为真实所充。
从元无所有到浑然一体，
积刚健才成为瑰丽奇雄。

包有了世间的万象万物，
横越那苍茫无垠的太空。
莽莽苍苍像油厚凝重的彤云，
浩浩荡荡似呼啸千里的長风。

超越于事物的表象之外，
才能把握其本质于手中。
掌握它不在勉力相强，
到来时自然就无尽无穷。

【注释】

〔大用外腓，真体内充〕体，本体；用，功用。体和用是古代哲学的术语，这里借指诗歌作品的内涵和表象，内容与形式。腓（féi），覆庇，引申为呈现之意。《诗经·大雅·生民》："牛羊腓字之。"充，充满。两句是因果关系，"大用外腓"是由于"真体内充"，或者说因为"真体内充"所以"大用外腓"，意思都一样。

〔返虚入浑，积健为雄〕虚，虚无，指作者创作前的空白状态；浑，浑成，指具体的艺术形象。《老子》："天地万物生于有，有生于无。"《庄子·人间世》："惟道集虚。"老、庄所讲的"无"和"虚"是指处于无限混沌状态的原始物质，并不是指空无所有。司空图此处采用类似的概念和表述方式。积，积累；健，刚劲之气；雄，雄浑之体。

〔具备万物，横绝太空〕具备，完全包有；横绝，横越。上句说雄浑的内涵丰厚，下句说雄浑的气势磅礴。

〔荒荒油云，寥寥长风〕荒荒，苍莽的样子；油云，状云层的绵厚，寥寥，风声。《庄子·齐物论》："大块噫气，其名为风。是唯无作，作则万窍怒号，而独不闻之寥寥呼？"长风，大风。李白《关山月》："明月出天山，苍茫云海间。长风几万里，吹度玉门关。"

〔超以象外，得其环中〕超，超越；以，于；象，表象；环中，《庄子·齐物论》："枢始得其环中，以应无穷。"环，承受门枢的圆环。枢纳于环中，则可以旋转自如，司空图借"环中"这个概念来对应"象外"，以表达关键、要领、主体、本质等意。

〔持之匪强，来之无穷〕持，操持，得到；匪强，不勉强。前一"之"

字指代雄浑之风。

【诠析】

二十四诗品，尽管没有严密的排列次序，但司空图把“雄浑”列于卷首，实在是颇具眼光，难能可贵。诗至盛唐，诸体大备，中晚以后，由盛而衰。当司空图客观地审视有唐一代众多诗歌的诗风时，尽管他习性所好，心中所慕，是倾向于冲和澄淡的一类，但首推之选，却许之以艺术影响力最大的“雄浑”一品。这是非常正确的安排，这样的安排，更加使人服膺其堂堂正正的艺术眼光和宽广的历史胸怀。

雄浑指雄伟、浑厚的艺术风格，是司空图诗美理想之一。在二十四诗品中，《雄浑》与《劲健》相邻，同属阳刚之美。但是司空图认为美学价值较高的是“雄”，其次才是“健”。健是雄的一种表现，雄是健的极致。劲健之美可以是诗美的一个品，但雄浑之美才是诗美的一个类。一个诗人，倾向于什么样的诗风，也就是他对诗歌风格的审美评价，是和他的生平阅历、哲学思想、人生态度紧密相联的，也是诗人所处时代美学思潮的一种反映。

此品开头四句论述雄浑风格的形成。作者借用我国古代哲学中“体”和“用”两个术语，阐明了内涵和表象、内容与形式的辩证关系。内容决定形式，形式表现内容。“大用外腓”是由于“真体内充”，浑灏壮宏的外观是充实丰富的内涵的体现，这就是司空图对于内容和形式关系的观点。在二十四诗品中，作者不止一次地阐述过这一基本观点。像《高古》中的“虚伫神素，脱然畦封”，《洗炼》中的“体素储洁，乘月返真”，《劲健》中的“饮真茹强，蓄素守中”，都从不同的角度强调了这个问题。司空图的这种理论，并不是凭空产生的。陆机在《文赋》中就说过：“理扶质以立干，文垂条而结繁。”刘勰在《文心雕龙·体性》中也说，“情动而言形，理发而文见，盖沿隐以至显，因内而符外者也。”陆机所说的“理”和“质”，刘勰所说的“情”和“理”，

就是司空图说的“体”；陆机所说的“文”和“条”，刘勰所说的“言”和“文”，就是司空图讲的“用”。司空图的理论，正是古代优秀文艺批评家理论的继承。“返虚入浑，积健为雄”两句，表面上分别解说“雄浑”两字，实际上是对艺术构思过程中典型化手段的很好说明。“虚”就是老子所说的“道”，即原始状态客观自在的素材；“浑”指从素材中提炼出来的具体的艺术形象。这种艺术形象必须是具体的，丰满的，厚实的，浑成的，真实可信的，而不是单薄的，平面的、虚幻的、概念化的。司空图对于诗美的这种要求，反映了他对盛唐诗风的回忆和向往，对中晚唐诗风的不满和批评，这是作者贯穿于全部诗品的基本审美观之一。就创作过程来说，“返虚入浑”与陆机所说的“课虚无以责有，叩寂寞而求音”、刘勰所说的“规矩虚位，刻镂无形”近似，都生动地说明了这种从虚到浑、从抽象到具体形象的创作过程。“积健为雄”则是讲“健”与“雄”的关系，由“健”到“雄”的走向。司空图认为，两者在美学上虽同属阳刚之美一类，具体说来却有高下深浅之别，非健无以成雄，无雄不必取健。雄是健的积累，又是健的本质。司空图还非常重视作者的人生修养和艺术风格的关系。“积健为雄”讲到雄浑之风有待于平时的蓄积，这就触及了作家的积学涵养问题，这一点在其他各品中也有所论述，值得注意。

用生动而形象的比喻来描绘一种艺术风格的特点，是我国古代风格论的特点和优点之一。这种方法在魏晋已相当流行，开始用来品评人物，后来移用于摹状诗歌风格。钟嵘《诗品》中就有不少这类精妙的比喻，例如，他以“流风回雪”来比喻范云诗风的“清便宛转”，以“落花依草”来说明丘迟诗风的“点缀映媚”，都是著名的例子。司空图把这种方法发展到美轮美奂的程度，在二十四诗品中，一个个精彩的比喻层见迭出，珠玉琳琅，简直使人无暇应接。雄浑的风格应该是什么样子呢？作者设喻说，它应像“荒荒油云”的浑沦一气，“寥寥长风”的鼓荡无边，这就把原来比较抽象的风格摹写得具体而又形

象,使得读者比较容易把握其基本特征。“具备万物,横绝太空”两句总言雄浑风格气魄宏大,包容万象,有超越鸿蒙、笼盖宇宙之势,其意与陆机《文赋》所说的“笼天地于形内,挫万物于笔端”相近。作者先写静态,继以运动,反复形容,使人目眩神慑。

最后讲掌握雄浑风格的手段。这里司空图又提出了一种重要的艺术理论——“超以象外,得其环中”。“象”指事物的表象,必须超越事物的表象,“环中”指事物的本质,只有不拘于描写对象的细枝末节,才能更好地抓住它具有本质意义的典型特征,故而只有“超以象外”,才能“得其环中”,而欲“得其环中”则必须“超以象外”,两者互为因果。司空图在以后各品中对这一理论还有反复的申述。“持之匪强,来之无穷”指出了要掌握雄浑风格不能勉强,也无法勉强,它是“反虚”和“积健”的结果,是“具备万物”的结果。唯“超以象外,得其环中”,方能形成雄浑的诗风。

在唐代,尤其是盛唐,具有雄浑风格的诗歌作品比较多。王维的五律《汉江临汎》①,杜甫的五律《旅夜书怀》②,都可为代表。宋唐庚《唐子西文录》说:“过岳阳楼,观子美诗不过四十字,气象宏放,含蓄深远,殆与洞庭争雄。”宋蔡絛《西清诗话》也说:“吴楚东南坼,乾坤日夜浮,不知少陵胸中吞几多云梦也。”杜甫的五律《登岳阳楼》③气象雄浑,短短四十字中,家国之忧,身世之慨,雄阔之景,沉厚之情,如此和谐地融合在一起,因而呈现出一种雄阔浑厚的风格特色。

叶梦得《石林诗话》指出:“七言难于气象雄浑,句有力而纡徐,不失言外之意。自老杜‘锦江山色来天地,玉垒浮云变古今’与‘五更鼓角声悲壮,三峡星河影动摇’等句之后,常恨无复继者。韩退之笔力最为杰出,然每苦意与语俱尽,《和裴晋公破蔡州回》④所谓‘将军旧压三司贵,相国新兼五等崇’,非不壮也,然意亦尽于此矣。”杜甫七律《登楼》⑤曾被前人推为唐人七律之首,沈德潜评论它:“气象雄浑,笼盖宇宙。”其特点是“句有力而纡徐,不失言外之意”。而韩愈诗虽然“笔力杰出”,但“意与语俱尽”。从这里可以约略窥见雄浑之美与劲健之美的差异。

最后说一说司空图在本章所显示的文学才能。《诗品》是以诗论诗,用诗体语言写成的诗论,因此能否将诗这一艺术形式运用好,会直接影响诗论的效果。司空图采用了四言诗的古老形式,四言体的简洁古雅有助于增强论述句的格言力量,这是它的优点。不过四言句只容得下两个词组,使语言的表达大受限制,这也是古代诗歌从四言发展到五言的重要原因之一。但是,司空图却能把四言体运用得如此圆转自如,的确令人叹服。《诗品》中有许多极其精妙的诗句,以独创的形象,恰到好处地描绘了他想描绘的对象。更加难能可贵的是,司空图是以鲜明的形象来描绘那些概念,警句妙喻,层见叠出,例如《雄浑》中的“荒荒油云,寥寥长风”,《劲健》中的“巫峡千寻,走云连风”,其气魄之宏大,形象之准确生动,都令人叹为观止。《二十四诗品》虽然是作者对自己诗歌理论的表述,但是每一品同时又是一首优美的诗歌。司空图《诗品》之所以能在后世广泛流传,影响深远,除了其诗歌理论本身的价值以外,与他十分成功地运用以诗论诗这种表达形式,也有密切的关系。

后来有不少人批评,司空图自己的诗歌创作,在艺术上并没有达到“韵外之致”的美学标准。例如清人翁方纲就说:“表圣论诗入超逸,而其所自作,全无高韵,与其评诗之语,竟不相似,此诚不可解。”其实这并不难理解。诚然,中国文学史上,有不少理论批评和自身创作兼长的作家,司空图也属其中之一。但理论批评和艺术创作毕竟属于两个不同的范畴,无论在思维方式和写作方法上都存在很大差异,而且随着文学历史的发展,两者的分工渐趋明确。中国诗话之祖钟嵘,并不见有诗歌作品传世,《沧浪诗话》的作者严羽立论甚高,而他的《沧浪吟卷》中,也找不出几首好诗,王渔阳的《渔阳山人精华录》中,又有多少是具有神韵的作品呢?相比较而言,司空图是属于诗歌理论超诣,而诗歌创作也不弱的诗人之一,这也算难能可贵了。

①王维诗《汉江临汛》:“楚塞三湘接,荆门九派通。江流天地外,山色有无中。郡邑浮前浦,波澜动远空。襄阳好风日,留醉与山翁。”

②杜甫诗《旅夜书怀》:“细草微风岸,危樯独夜舟。星垂平野阔,月涌大江流。名岂文章著,官应老病休。飘飘何所似,天地一沙鸥。”

⑧杜甫诗《登岳阳楼》:“昔闻洞庭水,今上岳阳楼。吴楚东南拆,乾坤日夜浮。亲朋无一字,老病有孤舟。戎马关山北,凭轩涕泗流。”

④韩愈诗《和晋公破贼回重拜台司》:“南伐旋师太华东,天书夜到册元功。将军旧压三司贵,相国新兼五等崇。鹓鹭欲归仙仗里,熊罴还入禁营中。长惭典午非材职,得就闲官即至公。”

⑤杜甫诗《登楼》:“花近高楼伤客心,万方多难此登临。锦江春色来天地,玉垒浮云变古今。北极朝廷终不改,西山寇盗莫相侵。可怜后主还祠庙,日暮聊为梁甫吟。”

二　冲　淡

素处以默　妙机其微
饮之太和　独鹤与飞

犹之惠风　荏苒在衣
阅音修篁　美曰载归

遇之匪深　即之愈希
脱有形似　握手已违

【今译】

我常常静静地悄然独处，
微妙地领悟诗道精微。
就好像呼吸着冲和之气，
想象着与白鹤在碧空齐飞。

这时候有阵阵和风吹来，
轻轻地拂动着我的衣服。
又好像竹林里听罢鸣琴，
我身心愉悦地踏上了归路。

冲淡的诗风不在积学深思，
愈努力反让人愈觉空廓希微。
也许你觉得已有点相似，

其实已违背了冲淡的本意。

【注释】

〔素处以默，妙机其微〕素，经常，常常；处，居处；默，静默。机，通几，《易·系辞下》："几者，动之微。"谓细微的迹象，这里用作动词，意思是微妙地领悟。微，精微，幽微，指冲淡诗风的幽微玄妙。郭绍虞《诗品集解》云："平居淡素，以默自守。"我国古代哲学家有一种理论，认为虚静才能认识客观事物的妙理。《老子》："致虚极，守静笃，吾以观复。"《荀子·解蔽》："人何以知道？曰心。心何以知道？曰虚一而静。"司空图在认识论上深受这种观念的影响。

〔饮之太和〕饮(yìn)，使饮，使呼吸。太和，太和之气，《易·乾》："保合太和。"古人认为天地阴阳会合之处有一种最和淡的气，叫做太和之气。

〔犹之惠风，苒苒在衣〕犹之，犹如；惠风，和风。晋王羲之《兰亭集序》："惠风和畅。"苒苒，亦作荏苒，柔缓的样子。

〔阅音修篁，美曰载归〕阅音，听音；修篁，细长的竹子，这里指竹林。美曰载归，即与美俱归之意，"曰"、"载"都是语气助词。

〔遇之匪深，即之愈希〕遇，遇合；深，深究；即，接近；希，少。两个"之"字均指冲淡的诗境。作者的意思是说，冲淡诗境的形成，当随人生修养而达，勉强去摆弄，反而离你的目标更远。这层意思在其馀诸品中亦有所阐述，是司空图艺术理论的重要内容之一。

〔脱有形似，握手已违〕脱，倘若；形似，表面相似，指那种粘著于事物表象，着意追求外形肖似的表现方法，司空图反对这种表现方法。握手，比喻时间短暂的接触；违，分离。

【诠析】

冲淡是指平和淡远的艺术风格。冲淡并非浅近拙易，简淡寡味，而是作者的艺术修养和社会修养同时成熟后才能具有的一种气敛神藏、内蕴外朴的艺术特色。薛雪《一瓢诗话》说过:“古人诗到平淡处,令人吟绎不尽,是陶熔气质,消尽渣滓,纯是清真蕴藉,造峰极顶事也。”这种被苏东坡称为“外枯而中膏,似淡而实美”的境界,并不是轻易能够达到的。所以宋代诗人梅尧臣曾感叹道:“作诗无古今,惟造平淡难。”冲淡的风格是司空图最重要的诗美理想之一。他在《与李生论诗书》和《与王驾评诗书》中一再赞美王维、韦应物的诗风“澄淡精致,格在其中”,“趣味澄迥,若清沇之贯达”,足可以证明这一点。

魏晋以来,诗歌与士大夫阶层结了缘,唐宋之时得到了更大程度的普及。士大夫们在“发达”时往往忙于政纷,耽于宴乐,谈不上什么高尚的艺术趣味。到了失意之后,才寄情田园山水,以充填和排解精神上的空虚苦恼。这就是为什么陶渊明在当代不受重视,而到唐宋以后地位越来越高,以至被某些人奉为诗人典范的原因;这也是冲淡自然的诗风,逐渐成为一个时代竞相趋尚的诗美理想的重要原因。司空图早年信奉儒术,颇有匡时济世之志;晚年归隐山林,退求独善其身,实在是出于不得已。崇尚冲淡之美,也是他企图解脱精神痛苦的一种手段,一方面表现了对政治纷争中机心的厌恶,另一方面反映了对平和恬淡的生活的向往,相当典型地代表了纷纷乱世中一部分洁身自守的知识分子的心理状态。从艺术上说,崇尚冲淡的诗美是对晚唐诗风日益刻削华艳的一种批评和纠正,在当时是有针对性的。

前面说过,司空图非常强调人生修养和艺术修养的一致性,本章第一节正是从这一角度立论的。作者认为只有“平居淡素,以默自守”,具有冲淡的人生态度,才能领略冲淡诗风的微妙之处。我国古代哲学家有一种理论,认为“虚静”才能很好地认识客观对象。老子提出“静观”“玄览”的认识方法,强调“致虚极,守静笃”,荀子也说过,“虚一而静”才能体悟诸多纷繁的客观现象。这种理论后来为文

艺批评家所接受,陆机和刘勰都强调了“虚静”在创作构思中的重要作用。他们说过“罄澄心以凝思”,“伫中区而玄览”,“陶钧文思,贵在虚静”。司空图也接受了这种理论的影响,“素处以默,妙机其微”两句,正包含着上面所说的意思。“饮之太和,独鹤与飞”,这两句在艺术想象上异常超妙,作者说,诗人先要满饮宇宙间的冲和之气,然后神骛八极,犹如伴同一只白鹤在诗的碧空遨游。

我们在前面说过,司空图在世界观和方法论上,深受老庄哲学的影响,但这仅仅是一个侧面,实际上他和五百年前的陶渊明一样,是吸吮着儒家思想的乳汁长大的,是一位内儒而外道者。“犹之”四句,使我们展开了两个方面的联想,第一个向度展向道家,使人们仿佛看到了王维《竹里馆》诗中那个“独坐幽篁里,弹琴复长啸”的幽人,表现了诗人遗世独立的道家风貌。但仔细品味起来,王维诗中的意境似乎更加清冷幽迥,具有更加浓厚的出世之意。第二个向度则展向儒家,显露了司空图思想内儒外道的本质。《论语·先进》:子路、曾皙、冉有、公西华侍坐。……子曰:“点,尔何如?”鼓琴希,铿尔,舍瑟而作,曰:“异乎三子者之撰。”子曰:“何伤乎?亦各言其志也。”曰:“莫春者,春服既成,冠者五六人,童子六七人,浴乎沂,风乎舞雩,咏而归。”夫子喟然叹曰:“吾与点也!”为什么孔子讥笑子路之勇于任事,也并不赞赏冉求、公西华的积极用世,反而称美曾皙的人生态度呢?朱熹解释说:“曾点之学,盖有以见夫人欲尽处,天理流行,随处充满,无少欠缺。故其动静之际,从容如此。而其言志,则又不过即其所居之位,乐其日用之常,初无舍己为人之意。而其胸次悠然,直与天地万物上下同流,各得其所之妙,隐然自见于言外。视三子规规于事为之末者,气象不侔矣。故夫子叹息而深许之。”儒家学说的核心是“仁”,什么是仁呢?孔子自己解释道:“仁者爱人。”具体到社会人生,就是“老者安之,朋友信之,少者怀之”,也就是人与人之间、人与自然之间和谐相处,融合为一,这种把幸福和满足建立在现实人生中的理想,“使万物莫不遂其性”,这就是儒家追求的至善之境、至美之境,是儒家宗师孔子希望达到的理想境界,也是儒家学说和道家学说的分水岭。很明显,司空图不仅在《冲淡》一品中充分展现了儒家这种理想人生境界,而且化用了曾点所描绘的“风乎舞雩,咏而归”的意境。在全部《二十四诗品》中,时时表现出儒家这种美学理想和人生追求。儒家学说的入世立场,儒家对现实人间的体悟认同,形成了对身边所有自然现象和人间生活的欢欣之情、平和之心,既没有烈士的豪言壮语,也没有高士的傲岸自许,表现了一种朴素平实、积极入世的人生态度。当然,儒家的人生态度,本来与道家就有相通之处。孔子说:“道不行,乘桴浮于海。”生活于晚唐乱世的司空图,个人理想难以实现,于是只好向道家寻求解脱,隐居于王官谷,筑休休亭,自号“耐辱居士”。但是,司空图始终坚守儒家士人的道德底线,拒绝军阀朱全忠的礼聘。在得知唐王朝哀帝的死讯后,悲愤地绝食而死。知道了这一点,我们就不难理解,为什么在以平淡自然为基调的《二十四诗品》中,也会出现拂剑悲歌的壮士形象,在处处可见的一层道家神秘面纱之下,儒学思想,始终成为《二十四诗品》理论构建的基本内涵之一了。

最后论述达到冲淡风格的方法与途径。作者认为,冲淡诗境的获得全凭自然遇合,而不能靠勉强凑合。“遇之匪深,即之愈稀”这也是司空图诗歌理论的重要内容之一。《雄浑》中的“持之匪强,来之无穷”,《自然》中的“真予不夺,强得易贫”,《精神》中的“妙造自然,伊谁与裁”,《实境》中的“遇之自天,泠然希音”,这些话虽然都有各自不同的侧重面,但在强调自然遇合这一点上是共同的。对于抒情诗创作过程中的这种特点,司空图以前已有不少人注意到了。沈约在《宋书·谢灵运传论》就指出:“至于高言妙句,音韵天成,皆暗与理合,匪由思至。”钟嵘在《诗品》中主张“即目”和“直寻”,刘勰也说要讲究“自然妙会”,诗篇的“秀句”往往是“思合而自逢,非研虑之所求”的结果。他们的差异在于,虽然同样讲究自然遇合,但司空图的强调面是“遇之匪深,即之愈希”,认为冲淡的诗境只有冲淡之人在无意之中才能获得,如陶渊明诗“平畴交远风,良苗亦怀新”,韦应物诗“微雨夜来过,不知春草生”。依靠镂心刻骨,冥思苦搜,不仅无法达到这种境界,而且“路头一差”,可能“愈骛愈远”。宋人张表臣《珊瑚钩诗话》记载说:“东坡称陶靖节诗云,‘平畴交远风,良苗亦怀新’,非古之耦耕植杖者,不能识此语之妙。仆居中陶,稼穑是力,秋夏之交,稍旱得雨,雨馀徐步,清风猎猎,禾黍竞秀,濯尘埃而泛新绿,乃悟渊明之句善体物也。”这段话虽然只是叙述作者自己忽然领悟陶渊明诗境之美的经过,但也能从侧面启发我们理解“遇之匪深,即之愈稀”两句的含义。

本章最后两句“脱有形似,握手已违”,表达了司空图诗歌美学理论的又一重要内容。在司空图看来,冲淡的诗风,平和淡远的诗风,绝不是由文学技巧构筑而成,它只是诗人情性的自然流露,人格修养在诗作上的投射。尽管诗人生活的世界并不平和,充满着对立斗争和杀戮,但是作为一位优秀的诗人,他应该超越这些表象,理解和包容这些对立着的任何一方,都是这个世界的一部分。只有具备了这样的心智和襟怀,才能理解什么是真正的冲淡。否则,只能得其形似,与真正的冲淡愈行愈远。陶渊明诗“采菊东篱下,悠然见南山”充分体现了诗人感受自然之美的舒淡心态,最能代表冲淡诗风的特点。但有人把“见”字改成了“望”字,虽然是一字之差,却把原来的无心之见变成了有意之为,结果只能形似冲淡,而非真正的冲淡。这就是“脱有形似,握手已违”两句的深层含义。

从我国古代诗歌历史上看,陶渊明的某些作品,“冲淡深粹”,“句雅淡而味深长”,最能体现冲淡诗风的特色。在唐代,王维、韦应物、储光羲、孟浩然、柳宗元的某些作品,继承了这种传统。例如王维的五古《渭川田家》[①],韦应物的五古《幽居》[②],柳宗元的《初秋夜坐赠吴武陵》[③],储光羲的《田家杂兴之二》[④],以自然平淡的语言,抒写了诗人幽居的情趣,于质朴中存厚味,在淡远处见真情,体现了冲淡风格的特色。虽然细细品味起来,王维诗重在平和之风,韦应物诗妙在淡远之意,储光羲诗能得自然之趣,至于柳宗元诗则在清淡中又糅合了幽冷之气,这与作者所处的时代、诗风、个人的思想、遭遇都有密切关系。但是从诗歌艺术源流上看,似乎分别展现了陶渊明诗风的一个方面,在风格分类时,都可归入冲淡。

①王维诗《渭川田家》:"斜光照墟落,穷巷牛羊归。野老念牧童,倚杖候荆扉。雉雊麦苗秀,蚕眠桑叶稀。田夫荷锄立,相见语依依。即此羡闲逸,怅然歌式微。"

②韦应物诗《幽居》:"贵贱虽异等,出门皆有营。独无外物牵,遂此幽居情。微雨夜来过,不知春草生。青山忽已曙,鸟雀绕舍鸣。时与道人偶,或随樵者行。自当安蹇劣,谁谓薄世荣?"

③柳宗元诗《初秋夜坐赠吴武陵》:"稍稍雨侵竹,翻翻鹊惊丛。美人隔湘浦,一夕生秋风。积雾杳难极,沧波浩无穷。相思岂云远?即席莫与同。若人抱奇音,朱弦緪枯桐。清商激西颢,泛滟凌长空。自得本无作,天成谅非功。希声閟大朴,聋俗何由聪?"

④储光羲诗《田家杂兴之二》:"众人耻贫贱,相与尚膏腴。我情既浩荡,所乐在畋渔。山泽时晦冥,归家暂闲居。满园种葵藿,绕屋树桑榆。禽雀知我闲,翔集依我庐。所愿在优游,州县莫相呼。日与南山老,兀然倾一壶。"

三 纤 秾

采采流水　蓬蓬远春
窈窕深谷　时见美人

碧桃满树　风日水滨
柳荫路曲　流莺比邻

乘之愈往　识之愈真
如将不尽　与古为新

【今译】

活活泼泼的流水，
蓬蓬勃勃的浓春。
在幽深曲折的山谷里，
时时可见到美人。

满树的碧桃弄春吐蕊，
粼粼的水边日暖风轻。
步蹀在柳荫中的曲曲小径，
有流莺的鸣声左呼右应。

在诗道上我们探寻愈深，
便愈来愈体认诗境的至真。
好诗句也就源源汩汩，泉涌无已，

与历代的名篇一样，千载常新。

【注释】

〔采采流水，蓬蓬远春〕采采，鲜明的样子。《诗经·曹风·蜉蝣》："蜉蝣之翼，采采衣服。"采采原是华美之意，这里借指流水的活泼清亮。蓬蓬，形容春气之盛；远春，大片的春景。郭绍虞所谓"韶华满目，一望皆春"，可谓拿捏住了这两句的精神。

〔窈窕〕深曲的样子。陶渊明《归去来辞》："既窈窕以寻壑，亦崎岖而经丘"。

〔风日水滨〕风日，风光。李白《宫中行乐词》"今朝好风日，宜入未央游"，温庭筠诗《偶题》"微风和暖日鲜明"，意境与此句近似。

〔乘之愈往，识之愈真〕乘，趁；愈往，愈深入；识，认识；真，真切。识之愈真是指准确地把握自然美的真谛。两个"之"字均指代大自然。

〔如将不尽，与古为新〕意思是说大自然中蕴藏的美景难以穷尽，诗人只要深入地观察、体验，就能不断创造新的诗境。即使古人已经写过的题材，也能"与古为新"，再造新的意境。郭绍虞《诗品集解》引李德裕《文章论》"譬如日月，终古常见而光景常新"语，解释此句说："终古常见，却又不陈陈相因。"将，将会，将要；不尽，不断，无穷无尽。

【诠析】

司空图的《二十四诗品》，既是诗歌风格品类的汇述，也是一幅幅诗美图景的展示，他在连续呈现了一刚一柔的《雄浑》与《冲淡》两品之后，第三品却出现了一幅生气蓬勃的仲春美景，用笔生动、清新，色彩明亮绚丽。甚至有关创作技法的阐述，也脱去了生硬的哲学外套,犹若春风拂面,明眸照人,真正实践了他提出的诗当有"韵外之致"的要求。

纤秾是指纤秀秾郁的艺术风格。杨庭芝《诗品浅解》说,纤是指作品纹理细腻,秾是指色泽润厚。丘迟《与陈伯之书》"暮春三月,江南草长,杂花生树,群莺乱飞",可见纤秾风格的特点。在《二十四诗品》中,《纤秾》与《绮丽》相近,而与《冲淡》、《自然》异趣。司空图的诗美理想当然不在前者而在后者。但是,由于《诗品》是对唐代诗歌风格的检阅性的总结,因此作者在竭力赞礼"冲淡"、"自然"之美的同时,也不废其馀各体诗美。《二十四诗品》中不仅标举了《雄浑》、《劲健》等属于壮美而与《冲淡》、《飘逸》对立的品属,同时也标举了《纤秾》、《绮丽》等属于秾丽而与《冲淡》、《自然》对立的品属,前人说它"平淡秾奇,诸体毕备"就是指此而言。

本章一二两节完全用写景来摹状纤秾风格的特点。作者以充满诗意的笔调描绘了弥漫着生机的春天的大自然,引导读者去领略纤秾的风貌,去体会这种诗美。"采采流水,蓬蓬远春"两句为王渔洋所激赏并不是偶然的,它确实生动形象地写出了春天的神采。读着这美丽的诗句,人们不仅能够看到春天明丽的色彩,而且仿佛还能够闻到春天的浓郁的气息,听到春天的醉人的音响。在"窈窕深谷"中出没的美人,未必是杜甫诗中描写的那个"天寒翠袖薄,日暮依修竹"的薄命佳人,很可能是在山间劳动的一群活泼美丽、充满青春气息的少女,这样的理解才比较符合纤秾风格的特点。作者接下去写道,在风和日丽的水滨,碧桃花正弄春吐蕊,漫步于柳荫下的曲径之中,时时能听到流莺的歌声。读者从这幅充满生气的、色彩美丽的典型春景图中,可以想见纤秾风格的状貌。

最后一节讲掌握纤秾风格的方法和途径,着重讨论了自然美和艺术美的关系。"乘之愈往,识之愈真",正确地说明了这两者的关系。自然美,表现自然美,也可以高于自然美。作者指出,自然中蕴藏着发掘不尽的诗境，诗人愈是深入地观察、体验，就愈能够把握纤秾这种诗美的真谛，开拓出新的美妙的诗境，生生不已，永葆青春。即使古人已经写过的题材，也能“与古为新”，不断再创造新的意境。司空图强调自然是诗美的源泉，强调从观察体验自然中创新，这种观点，比起宋以后相当流行的那种主张从古人现成诗句中讨生活，主张复古、拟古的见解，无疑要高明多了。

杜甫在成都草堂写的一些小诗，繁花著树，春色满眼，最与此品风格相符。如《江畔独步寻花》之五：“黄师塔前江水东，春光懒困倚微风。桃花一簇开无主，可爱深红爱浅红。”又之六：“黄四娘家花满蹊，千朵万朵压枝低。留连戏蝶时时舞，自在娇莺恰恰啼。”白居易的七律《钱塘湖春行》[①]，以自然平易的语言，细腻流畅的笔调，写出了美丽的西湖春色。暖莺新燕，浅草乱花，把场面点缀得热闹非凡，把春天浓郁的气氛，生机勃发的景象表现得淋漓尽致。秾而不艳，纤而不弱，也很能体现纤秾的风格特色。韩愈的诗歌虽然“横空盘硬语”，以“倚天拔地”式的气势与力量著称，但是他的某些小诗却呈现出完全不同的风致。例如七绝《同水部张员外籍曲江春游寄白二十二舍人》[②]，就具有秾丽的风格特色，其中“曲江水满花千树”一句，很可能是本章“碧桃满树，风日水滨”所本。此外，杜牧诗《江南春》[③]，李商隐诗《二月二日》[④]，温庭筠诗《春日野行》[⑤]，亦颇具纤秾之风，可与本章参看。

①白居易诗《钱塘湖春行》：“孤山寺北贾亭西，水面初平云脚低。几处早莺争暖树，谁家新燕啄春泥？乱花渐欲迷人眼，浅草才能没马蹄。最爱湖东行不足，绿杨阴里白沙堤。”

②韩愈诗《同水部张员外籍曲江春游寄白二十二舍人》：“漠漠轻阴晚自开，青天白日映楼台。曲江水满花千树，有底忙时不肯来？”

③杜牧诗《江南春》:“千里莺啼绿映红,水村山郭酒旗风。南朝四百八十寺,多少楼台烟雨中。”

④李商隐诗《二月二日》:“二月二日江上行,东风日暖闻吹笙。花须柳眼各无赖,紫蝶黄蜂俱有情。万里忆归元亮井,三年从事亚夫营。新滩莫悟游人意,更作风檐夜雨声。”

⑤温庭筠诗《春日野行》:“日西塘水金堤斜,碧草芊芊暗吐芽。野岸明媚山芍药,水田叫噪官虾蟆。镜中有浪动菱蔓,陌上无风飘柳花。何事轻桡向溪客,绿萍方好不归家。”

四　沉　著

绿杉野屋　落日气清
脱巾独步　时闻鸟声

鸿雁不来　之子远行
所思不远　若为平生

海风碧云　夜渚月明
如有佳语　大河前横

【今译】

绿树掩映着粉墙野屋，
傍晚的空气分外清明。
摘下了头巾我独自漫步，
时不时听到一两声鸟鸣。

亲爱的朋友远游它方，
可是老不见捎来书信。
所念的人儿近阻咫尺，
试教我如何排遣深情？

海风吹散了碧空的云翳，
洲渚上涂满了明净月色。
面对着滔滔东去的大江，

万斛诗思正要从胸中涌出。

【注释】

〔鸿雁不来,之子远行〕鸿雁指书信。古代有鸿雁传书之说,事出《汉书·苏武传》。杜甫诗《天末怀李白》:“鸿雁几时到?江湖秋水多。”之子,这个人,指所思念的人。《诗经·周南·汉广》:“之子于归,言秣其马。”

〔所思不远,若为平生〕所思,所思念的人。若为,那堪。白居易诗《冬至宿杨梅馆》:“若为独宿杨梅馆,冷枕单衾一病身。“鸿雁”句写远别之相思,此句则言咫尺天涯,愁怀难遣。

〔碧云〕江淹诗《拟休上人怨别》:“日暮碧云合,佳人殊未来。”

〔如有佳语〕佳语,即佳句,精妙的诗句。

【诠析】

《纤秾》之后司空氏端出了《沉著》。前面几篇,他为文都着意经营,充分调动了多种多样的美学手段,“雄浑”与“冲淡”,是一刚一柔,一阳一阴;“纤秾”之后继以“沉著”,是一张一弛,用潜藏的手法,交替出现对比的色彩,“纤秾”展示的是欢快的、清新的、生动活泼的春日。在这样的春日里感受着春天的美丽,张扬青春的活力。而“沉著”中出现的则是夏日傍晚的明静雍和,诗人迈着健实的步子,盘点人生道路上的遭遇,正在沉吟不语之时,忽而海风吹来,霎时又展开一片壮丽的景色。

沉著与浮薄浅露相对,是指感情深厚、笔意含蓄的艺术风格。造成沉著风格的主要因素是思想感情的深度,清人赵翼称赞杜甫的诗歌“思力沉厚”,“深人无浅语”,就是指此而言。在艺术上,沉著的风格要求避免浮薄浅露、一发无馀的表达方式,而讲究“含蓄蕴藉”,

“终不许一语道破”。当感情非常饱满沉厚之际,落笔时却凝重顿挫,欲言又住,表现出一种蓄中不发、内蕴外朴,特别矜慎的风貌,这就叫做沉著。

在二十四篇诗品中,《沉著》通篇用象征手法摹写沉著的风貌和它的创作过程。全诗三节,时序上从傍晚到黄昏再到中宵,层层递进,而情绪上则从平和到郁结,到解脱,最后“思与境偕”,情景交融,终获双璧。这种时间、空间,人物情绪多元并进,互相生发,互相照应,最后同臻圆满的综合手法,司空图运用得如此纯熟完美,表明他驾驭艺事技巧之精湛。第一节,作者先以清空的环境气氛,点染沉著之人的胸襟怀抱。这是一个洁身幽栖的高士,在落日的馀氛中披开衣襟,信步漫行。由于摆脱了“世网”的羁绊,全身心都沉浸在大自然的谐和氛围之中,目所视者是落日的澄明馀辉,耳所闻者是林间的鸟儿啁啾,呼吸所及者是山野的清爽之气。司空图认为,只有这种脱卸了峨冠博带、离开了市廛嚣俗、摆脱了名利羁绊的人,才能具备沉著这样深厚的感情。

第二节,闲步既久,暮霭渐升,天光由明转暗,神思也渐渐凝聚。诗人回忆起平生道途的休咎得失,更怀念同怀相寄的良朋好友,有的远行他乡,忧其江湖水深;有的咫尺千里,徒见空梁月落。此时鱼雁无凭,情深难寄。司空图用饱满凝重的笔墨,描绘了别怨离愁。四句分为两组,先写之子远别之相思无极,继写咫尺天涯之愁怀难遣,如怨如诉,似断还续,一种寤寐转侧、形神与共而又无从得知真情的深沉悲痛,流溢在字里行间。这四句诗成功地把一种比较难以把握的凝重矜持的感情,作了恰当的、形象丰满的描绘,而所用语言又是如此之精约,本身就是沉著风格的范例。

最后一节论述沉著风格的表达方式。面对着碧空明月,夜渚江风,诗人感情激荡,诗思泉涌,但落笔之时偏又欲言还住,把万斛诗情顿挫于笔端,甚至故意用淡语出之,让读者自己去寻味普通字面背后

的真意。这样的表现方法，在艺术上特别有力，在诗风上，作者就称之为沉著。唐宋诗人往往喜欢采用这种方法增加诗歌表现力，例如杜甫的七古《缚鸡行》，正写到“鸡虫得失无了时”，忽然一笔收住，跳宕开去，而以“注目寒江倚空阁”作结，使人有海阔天空、渺茫无际之感。宋代黄庭坚作诗，也每每采用这种方法。他的七古《水仙花诗》写到“坐对真成被花恼”，忽然截断，“旁入它意”，用“出门一笑大江横”结束，使诗意含蓄无尽，深不可测，给读者的想象留下广阔的回旋馀地。

在唐诗中，杜甫的作品最能表现沉著风格的特点。他的诗《天末怀李白》[①]、《梦李白二首》[②]，以缠绵切至的语言，表达了对友人的深沉忧虑和怀念，对社会扼杀人才的罪行作了悲愤的控诉。由于作者的感情异常深厚，而表达的方式却十分曲折、含蓄，因此能够“极沉郁悲痛之致”，产生一种特殊的“恻恻动人”的艺术力量。又如他的五律《春望》[③]，感情如此沉痛，而每句话都不说尽，所以纪昀说它“语语沉著，无一毫做作，而自然深至”。吴汝纶说它“句句沉著，意境直似《离骚》”。这些都是沉著风格的代表。

①杜甫诗《天末怀李白》：“凉风起天末，君子意如何？鸿雁几时到，江湖秋水多。文章憎命达，魑魅喜人过。应共冤魂语，投诗赠汨罗。”

②杜甫诗《梦李白二首》：“死别已吞声，生别常恻恻。江南瘴疠地，逐客无消息。故人入我梦，明我长相忆。恐非平生魂，路远不可测。魂来枫林青，魂返关塞黑。君今在罗网，何以有羽翼？落月满屋梁，犹疑照颜色。水深波浪阔，无使蛟龙得。”（其一）“浮云终日行，游子久不至。三夜频梦君，情亲见君意。告归常局促，苦道来不易。江湖多风波，舟楫恐失坠。出门搔白首，若负平生志。冠盖满京华，斯人独憔悴。孰云网恢恢，将老身反累。千秋万岁名，寂寞身后

事。”(其二)

③杜甫诗《春望》:“国破山河在,城春草木深。感时花溅泪,恨别鸟惊心。烽火连三月,家书抵万金。白头搔更短,浑欲不胜簪。”

五　高　古

畸人乘真　手把芙蓉
泛彼浩劫　窅然空踪

月出东斗　好风相从
太华夜碧　人闻清钟

虚伫神素　脱然畦封
黄唐在独　落落玄宗

【今译】

看那御气飞升的异人，
手执着一枝带露芙蓉。
他远离了多难的人寰，
飘然超越于九天鸿蒙。

明月徘徊在东斗之间，
清风在身后习习相送。
深夜里太华山一片森碧，
万籁俱寂，只听得一声声清钟。

虚怀以淳蓄高古的素质，
早晚会洗脱身上的凡庸。
那远古的帝尧高风独存，

落落然自成为百代师宗。

【注释】

〔畸人乘真，手把芙蓉〕畸人，异人，这里指有道之人。《庄子·大宗师》："畸人者，畸于人而侔于天者也。"乘真，即驭气，如列子之驭风。芙蓉，莲花的别称。李白诗《古风》："素手把芙蓉，虚步蹑太清。"略近此意。

〔泛彼浩劫，窅然空踪〕泛，飘浮，此处有凌驾、超越的意思。浩劫，巨大的灾难，这里指多灾多难的人间。佛典说世界有成、住、坏、空四个时期，叫做"四劫"，到坏劫时世界归于毁灭。窅然，渺然；空踪，无影无踪。

〔东斗〕这里泛指东方的星斗。

〔太华〕太华山，即西岳华山，在今陕西省华阴县境内。

〔虚伫神素，脱然畦封〕虚，虚心；伫，积贮；杜甫诗《北征》："圣心颇虚伫。"神素，高古的精神素质；脱然，脱略，轻视的样子。《晋书·谢尚传》："脱略细行，不为流俗之事。"畦封，界域，这里借指世俗的种种规矩和束缚。

〔黄唐在独，落落玄宗〕黄唐，黄帝和唐尧；在独，居于独一无二的地位，陶潜诗《时运》："黄唐莫逮，慨独在余。"落落，稀少，陆机《叹逝赋》："亲落落而日稀。"玄，深远，玄宗是指远古的宗师，晋支道林《大小品对比要钞序》："夫般若波罗密者，众妙之渊府，群智之玄宗。"

【诠析】

高古与凡庸相对立，是指一种超凡脱俗的艺术风格。在司空图的《诗品》中，从思想内容说，《高古》与《飘逸》邻近，隐含着对当世士大夫中阿附权贵、追逐名利的浇薄之风的鄙弃；从艺术风格上看，它是对唐末诗坛轻靡华艳诗风的纠正。追慕高古的诗风，是汉魏以来大盛于时的游仙诗的遗响，反映出作者企图超脱黑暗纷争的现实，寄情玄虚缥渺的超现实世界的愿望。从这个意义上讲，高古也是司空图理想的影子之一。但是，这种理想带着浓厚的玄秘色彩和虚无色调，往往给诗品美丽的画面布上一层阴影。《洗炼》中那个“体素储洁，乘月返真”的幽人，《超诣》中那个“如将白云，清风与归”的隐士，无不披罩着这样一层玄秘的薄纱。即使在《冲淡》和《清奇》这些基本上立足于人间的品类中，往往也有一个神仙的影子在徘徊。《冲淡》中的“独鹤与飞”，《清奇》中的“神出古异”，也都散发出这种气息。

本章第一节写超脱人间苦难的“畸人”，第二节写清虚幽寂的太华夜景，分别比喻高古风格的两个特点——超凡与脱俗，末节讲如何才能具备高古之风。在这个问题上，司空图又一次强调了人生观、人生修养对于艺术观、艺术风格的主宰作用。作者正确地指出，只有具备了高古的精神素质，才能够获得高古的风格，脱尽浅陋和凡庸的弊病。最后两句结语是对高古风格的评价。作者赞美道，高古的风格正如并世无双的黄帝、唐尧之于后代，千百年来一直是人们崇拜的对象，学习的榜样。这种不切实际的过高评价，恰好反映了司空图本人世界观中虚情幻想的成分。

总的说来，符合司空图要求的具有高古之风的作品，在唐诗中往往不是第一流的优秀之作，这是那些企图追求高古风貌的作者不可避免的结局。现实生活的沃土，是一切艺术的主要源泉，离开了它，艺术的生命就会枯萎。司空图所描述的高古，正是努力追求一种远离人世的神仙境界。由于缺乏现实的基础，其塑造形象的方法，便只好乞求于虚无缥渺、贫乏单调的神仙生活。这种生活除了时间与空间的放大之外，没有休戚与共的悲欢，没有匡时救世的义举，没有饮食男女的欲望，甚至没有四季冷暖的感知。仅仅借助“白云”、“清风”这样简单的道具，依靠一些含义玄虚的词藻，自然难以创造出血肉丰满、生气勃勃的艺术形象。虽然作者主观上努力企图提高这种风格的地位，而实际效果却适得其反。

严羽在《沧浪诗话》中指出：“阮籍咏怀之作，极为高古。”阮籍的咏怀诗，内容非常复杂，既有忧时愤世的一面，又有求玄避世的一面，前者是其实质，后者是其表象。严羽说它“有建安风骨”，钟嵘说它“颇多感慨之词”，正说明了阮籍咏怀诗价值之所在。李白的情况也有类于此。他那些鼓吹求仙访道、高举遐升的具有高古之风的作品，虽然也导源于对黑暗现实的不满和失望，但与抨击权贵、关心民瘼的优秀之作比较起来，无论在思想上和艺术上都要逊色多了。司空图自己也有这类题材的作品，如五律《僧舍赠友人》：“笑破人间事，吾徒莫自欺。解吟僧亦俗，爱舞鹤终卑。竹上题幽梦，溪边约敌棋。旧山归有阻，不是故迟迟。”艺术上虽也平平，但未将释道比附神仙，认识还是清醒的。司空图身处的晚唐，颇有一些故作高古，实则凡庸之作。例如晚年始获一第的曹松，虽也写过“凭君莫话封侯事，一将功成万骨枯”《己亥岁三首》这样的好诗。但一涉释道，便见庸陋。例如“百叶岩前霜欲降，九枝松上鹤初归；风生碧涧鱼龙跃，威振金楼燕雀飞”（《江西逢僧省文》）一诗，玩起了神仙游戏，便入恶道。

六 典 雅

玉壶买春　赏雨茅屋
坐中佳士　左右修竹

白云初晴　幽鸟相逐
眠琴绿荫　上有飞瀑

落花无言　人淡如菊
书之岁华　其曰可读

【今译】

沽来了清酒满壶，
听雨声疏疏落落。
座席上有三两高雅之士，
茅屋外栽几竿琅琅修竹。

宿雨初收，白云飘曳，
幽鸟翻飞，互相追逐。
绿荫下抱绮琴悠然入眠，
山岩上流泻着一线飞瀑。

片片的落花悄然堕地，
温润的君子淡雅如菊。
如果把这些写入诗章，

真值得反复地吟咏诵读。

【注释】

〔玉壶买春〕玉壶,玉制的酒壶。鲍照《白头吟》:“直如朱丝绳,清如玉壶冰。”春,指酒,唐人往往称酒为春。李白诗《哭宣城善酿纪叟》:“纪叟黄泉里,还应酿老春。”

〔坐中佳士〕佳士,这里指志趣高雅之士。《晋书·任恺传》:“恺子罕才望不及恺,以淑行致称,为清平佳士。”

〔眠琴绿荫〕在绿荫下抱琴而眠。

〔人淡如菊〕淡,淡雅,指心怀恬淡,不慕荣华富贵。

〔书之岁华,其曰可读〕书,书写;之,此,指典雅之境;岁华,岁时,郭绍虞《诗品集解》说:“书之岁华云者,亦即‘一年好景君须记’之意。”其曰,拟议之词,使语气委婉;可读,值得欣赏品味,犹如人之赏画、品画亦称读画。

【诠析】

典雅对粗俗而言,指斯文优雅的艺术风格。本章所描写的典雅之境,是古代士大夫闲居时理想的生活方式,表现了他们自以为高雅的艺术趣味。就思想倾向而言,《典雅》与《疏野》、《旷达》、《高古》、《飘逸》邻近,同样反映了士大夫失意隐退时的心理状态。但是,《疏野》主要从率性适意中寻求自我满足,《旷达》以及时行乐来排解内心的悲哀,《高古》和《飘逸》则企图超脱现实人生,从玄虚的幻想中得到慰藉。《典雅》基本上立足于人间,既没有沾染道家思想的虚无神秘色彩,也没有流露明显的消极悲观情绪。《典雅》反映了作者对于唐末上层统治集团荒淫腐朽生活的不满和批评。当然,这种批评是很肤浅的,不用深究,人们就可以看到,司空图所描写的典雅之境

并不表现高尚的情操,它不过是士大夫们享乐人生的一种比较高明、比较雅致的方式而已。

作为艺术风格,前人对典雅的含义早已有所阐释。曹丕在《与吴质书》中就说过:“伟长,……辞义典雅,足传后世。”刘勰在《文心雕龙·体性》中则把典雅列为八体之首,并且给它下了“熔式经诰,方轨儒门”的定义。这种儒家正统的经院庙堂式的典雅,端庄凝重,雍容华贵,表示有身分,有节制,有渊源,是古代士大夫显达时理想的风度。司空图所描述的典雅,与此稍异其趣,他着重强调了这种诗风的高雅脱俗,而抛弃其雍容端庄的一面,由此也可以看到,此时社会的宗室门阀观念,已远非魏晋时期那样浓重。因而“典雅”一词的内涵也随之改变,只剩下审美趣味的高雅而已。

这一章的三个小节,分别以一年里春、夏、秋、冬四个季节中,高雅之士的生活场景来摹状典雅之风的特点。第一节写春天怎样典雅,以室内之景,表现高雅之情。玉壶沽酒、茅屋听雨,是一种雅致,与高堂燕饮、伎乐杂陈比较起来,自然有雅俗之分。“坐中佳士,左右修竹”隐含着两个典故。唐代刘禹锡在《陋室铭》中说:“谈笑有鸿儒,往来无白丁。”《晋书·王徽之传》说:“(徽)尝寄居空宅中,便令种竹。或问其故,徽之但啸咏指竹曰,何可一日无此君也。”当然,这里的“坐中佳士”是指具有高雅情趣的隐士,而不是《陋室铭》中那些气度雍容的鸿儒。作者运用历史上著名的风雅事例,来说明典雅之风的特色,手法既优雅又含蓄,非常得体。第二节写夏日如何典雅,从室内转移到了室外,通过典型的风景描写表现闲逸之趣。宿雨初晴,天空飘曳着朵朵白云,新绿满眼,鸟儿在树枝间翻飞追逐。在这样清幽的环境中,点缀了一个抱琴而眠的幽人,把士大夫式的闲情逸致表现得淋漓尽致!作者是写景的高手,寥寥几笔就勾勒出一幅典型的“闲居幽趣图”:白云,山鸟,飞瀑,幽人,如此和谐地统一在画面之中,不仅有动态的美,而且充满了山水之天籁。这一切渲染出一片幽静的气氛，有力地衬托表现了幽人的闲逸心情。这种优点，是司空图《诗品》之所以脍炙人口的原因之一。最后一节，各以两个短句分说秋季和冬季的典雅之事，作者指出具备典雅之风还应该有淡泊心志，“落花无言，人淡如菊”两句对此作了暗示。“落花无言”的意象极可涵味，落花是记述自然节序的递变，无言则是诗人应对的态度，其观察之精细，感触之幽微，用最简单干净的字眼记录下来，绝妙地呈现出一幅纯美无瑕的艺术画面，北宋词人晏几道仿之，作“落花人独立，微雨燕双飞”写春日闺思。身分各异，幽思如一，都是千古绝唱。当然，这种淡泊并不是冷淡，而是“淡泊以明志”，反映了作者不满浇薄世风，希望在主客观暂时的平衡中寻求精神寄托的一种努力。从这里可以看出，《典雅》与《冲淡》也有关系。

总之，高雅之情，闲逸之趣，淡泊之志，是司空图《典雅》的基本含义，这虽然不是作者诗美的理想，但也是他肯定的诗风之一，因此在结尾处评价说，只要把这种情景写入诗篇，就值得读者欣赏和品味。随着时代审美风尚的逐渐变化，这种基本上体现士大夫艺术趣味的诗风在唐宋之后日见其风靡。但是内容的浅薄贫乏决定了这类作品的价值不高。即使像白居易这样的大诗人，他那些“知足保和，吟玩情性”的闲适诗的价值，与其“为君、为臣、为民、为物、为事而作”的讽谕诗比较起来，价值相差也很大。可见，衡量一种风格的价值，总是离不开作品的具体内容，离不开它们反映现实的深度与广度。从这一点看，司空图推崇典雅风格的意义是有限的。

七 洗 炼

犹矿出金　如铅出银
超心炼冶　绝爱淄磷

空潭泻春　古镜照神
体素储洁　乘月返真

载瞻星辰　载歌幽人
流水今日　明月前身

【今译】

好像从江砂中淘洗出黄金，
又如从铅块中提炼出白银。
我凝神屏息，专心冶炼，
把无用的渣滓统统弃尽。

像碧幽幽的深潭流泻着一汪春水，
像青荧荧的古境映照出眉宇精神。
清纯的体貌恰似其明净的内蕴，
在月光下都回到了纯素的本真。

好一个步虚寻幽的高人，
一面歌吟，一面瞻望星辰。
他今日的丰神宛如清澈的流水，
皓皓的明月应是他高洁的前身。

【注释】

〔犹矿出金，如铅出银〕犹，犹如，矿，矿的异体字。这里指矿石。李贺《送沈亚之》诗“雄光宝矿献春卿”，王琦注：“宝矿，金银璞石也。”银是贵稀金属，古代炼丹术士认为银是铅的精华部分，银出自铅，所以这么说。这两句用矿石的提炼比喻作品的洗炼。

〔超心炼冶，绝爱淄磷〕超心，不囿于常格；绝爱，毫不爱惜，弃尽。淄磷(zī lín)，淄，丝织物上的青黑色斑点；磷，磨损。《论语·阳货》：“子曰，然，有是言也。不曰坚乎，磨而不磷。不曰白乎，涅而不淄。”此处用作名词，指矿石中的杂质。谢灵运诗《过始宁墅》：“淄磷谢清旷，疲尒惭贞坚。”李白诗《古风第五十》：“赵璧无淄磷，燕石非贞真。”

〔空潭泻春，古镜照神〕泻春，春水流泻；照神，映照出精神。

〔体素储洁，乘月返真〕体，身体，实体；素，纯净；储，内贮，内涵；洁，明洁。《庄子·刻意》：“素也者，谓其无所与杂也，纯也者，谓其不亏其神也。能体纯素，谓之真人。”体素伫洁，体表是素白的，内里是洁净的，表里如一。返真，回复到自然的原始本真状态。《庄子·秋水》：“无以人灭天，无以故灭命，无以得殉名，谨守而勿失，是谓返其真。”

〔载瞻星辰，载歌幽人〕载，发语词。星辰，一作星气。幽人，幽居之人，即隐士。

【诠析】

洗炼与芜杂相对立，是一种简洁明净的艺术风格。

第一节设喻以明理，论述掌握洗炼风格的方法和态度。司空图强调，作者应该像洗矿炼矿那样，从原始的纷繁的客观素材中，撷取

最有意义的本质的东西。极度专心致志——“超心炼冶”,刻意去芜弃杂——“绝爱淄磷”,努力构筑完美的艺术篇章。

洗炼是我国古典诗歌突出的优点之一。魏晋以后,诗人大多重视字、句的锤炼。杜甫“为人性僻耽佳句,语不惊人死不休”,贾岛“二句三年得,一吟双泪流”,王安石为“春风又绿江南岸”这个句子觅一“绿”字数易其稿,这些都是著名的例子。甚至连作诗如“万斛泉源不择地皆可出”的苏轼也说:“清诗要锻炼,方得铅中银。”但司空图的见解比别人要高出一筹,他在本品所讲的洗炼主要是指形象和意境的提炼。接下来第二节。“空潭”句是状洗炼之诗,当在碧净无瑕中隐泛灵光;“古镜”句言宝镜照人,非但须眉毕肖,且内蕴神采,晔晔生辉。三四句承上,这样内外明净的神物想来一定会在月光下羽化而去吧!这是作者在第一节技术性的叙述后,着意构想的意象。潭水和妆镜乃常见之物,一经诗人锻炼,便非凡品。作者示意,洗炼之要,要在提升对象的总体品质,故曰矿中出金,铅中出银。

末节更精彩。司空图进一步将内外俱净的典型索性化为一个山中高士,他悠闲地边歌边咏,步蹀于繁星之夜,可以设想,他前身一定是皎洁的月光所化,不然,今世里哪能有流水般的明洁之身呢!王昌龄《芙蓉楼送辛渐》曾用“玉壶”中盛着“冰心”两个半透明的物件来比喻高尚之士的心地光明,表里如一。无疑,如果用喻,“冰心玉壶”恰好对应着“体素储洁”四字,但司空图已经在上一节用过更好的比喻物,不愿再胶执在具体实物上,他退一步,宕开去,采用一种幻想手法,将人人熟知、大家认可的美丽形象幻化成一个虚玄的人物形象。

认为洗炼应该重在神气,而不必拘于形貌,是司空图诗歌理论的重要内容之一。这与他在《雄浑》中说的“超以象外,得其环中”,《冲淡》中说的“脱有形似,握手已违”,《形容》中说的“离形得似,庶几斯人”在精神上是一致的。它们都强调略过现象表现本质,通过个别表现一般,依靠有限表现无限,超越“形”来表现“神”。这是我国

古代艺术家进行艺术概括的传统手段。司空图似乎认为只有通过这样的艺术概括,创造出像“流水”、“明月”般纯净的艺术形象,才能以少胜多,以一当十,从而达到最大程度的洗炼。这是司空图对于古代文艺理论的重要贡献,曾经对后代产生过很大的影响。

诗歌到了晚唐,那种一味“追形逐貌”,讲究“浓辞艳采”的不良倾向日益泛滥。正如黄子云《野鸿诗的》所说:“晚唐后专尚镂镌字句,语虽工,适足彰其小智小慧,终非浩然盛德之君子也。”司空图上述理念,也是对晚唐诗坛不良艺术倾向的批评,在当时是有实际意义的。

唐诗中风格洗炼的作品很多,祖咏的五绝《终南望馀雪》是历来为人称道的例子:“终南阴岭秀,积雪浮云端。林表明霁色,城中增暮寒。”短短二十个字,形象地写出了终南山雪后初晴的景象。举凡山色的明秀,山势的高峻,雪后霁光的明亮,气温的变冷,无不得到准确生动的表现,而这些又统一而集中地表现了主题,画出了一幅气韵生动的终南残雪图。难怪连倡导“神韵说”的王渔洋也称赞它是古今咏雪的最佳作品之一了。又如杜甫的五古《望岳》[①],施补华《岘佣说诗》指出:“《望岳》一题,若入他人手,不知作多少语?少陵只以四韵了之,弥见简劲。‘齐鲁青未了’五字囊括数千里,可谓雄阔。”也是洗炼风格的代表。

①杜甫诗《望岳》:“岱宗夫如何?齐鲁青未了。造化钟神秀,阴阳割昏晓。荡胸生层云,决眦入归鸟。会当凌绝顶,一览众山小。”

八 劲 健

行神如空　行气如虹
巫峡千寻　走云连风

饮真茹强　蓄素守中
喻彼行健　是谓存雄

天地与立　神化攸同
期之以实　御之以终

【今译】

驰骋神思宛若天马行空，
奋扬豪气犹如贯日长虹。
像在万山曲折的巫峡里，
疾走的云涛挟着飘风。

汲饮真气，茹养宏强，
食素伫朴，恪守其中。
那天道的运行中千载健畅，
就因它蓄积了无比浑雄。

劲健之气将和天地并立，
劲健之势欲与造化同功。
让劲健之气遍充周体，

让劲健之势贯彻始终。

【注释】

〔行神如空,行气如虹〕行,运行,驰骋;神,精神;如空,好像空旷无阻。气,气势;虹,白虹。司马迁《史记·鲁仲连邹阳传》:“荆轲慕燕丹之义,白虹贯日。”沈约诗《被褐守山东》:“掣曳泻流电,奔飞似白虹。”

〔饮真茹强,蓄素守中〕饮,喝;茹,吃,这是形象化的说法。真,真情;强,劲气。蓄,积蓄;守,把持。素,纯净,参看《洗炼》注。中,即环中,参看《雄浑》注。“守中”指掌握事物的本质、核心。

〔喻彼行健,是谓存雄〕行健,指天地运行强劲有力。《易·乾卦》:“象曰:天行健,君子以自强不息。”傅玄诗《天行篇》:“天行一何健,日月无停踪。”存雄,积存浑雄之气。《庄子·天下》:“天地其壮乎?施存雄而无术。”

〔天地与立,神化攸同〕与立,并立。神化,神明造化。攸,语助词,无实义。天地与立,即与天地并立。

〔期之以实,御之以终〕期,期望;实,真实。御,驾驭,贯彻;终,最终。

【诠析】

劲健是强劲有力、气势充沛的艺术风格。司空图在《题柳柳州集后序》中说:“尝观韩吏部歌诗累百首,其驱驾气势,若掀雷揭电,奔腾于天地之间。物状奇变,不得不鼓舞而徇其呼吸也。”这段评论韩愈诗风特点的话,正好是对劲健风格的生动形象的说明。在二十四诗品中《劲健》类于《雄浑》而又异于《雄浑》。《雄浑》说“积健”才能“成雄”,而本章却反过来,说“存雄”才能“行健”,可见两者是互

相补充、互为表里的关系。但是《劲健》主要强调力量和气势，而《雄浑》则着重赞美阔大、丰满、厚实、浑成的诗美，两者又有不同的侧重面。《诗品》不仅标列相反、相异的风格品类，同时也标列某些相近、相似的风格品类。例如《绮丽》与《纤秾》，《冲淡》与《自然》，《雄浑》与《劲健》，《高古》与《飘逸》，《疏野》与《旷达》等等。细致地辨析这些同类诗歌风格的异同，对于深入理解司空图贯穿于各品的内在统一思想，提高对于各种风格的鉴赏和分析能力，是会有帮助的。

本章一开头就接连用三个比喻，生动形象地写出了《劲健》风格的特色。作者告诉我们，劲健之风犹如天马行空之一往无前；像白虹贯日之横经天地；像那千寻巫峡中风走云驰、怒涛奔涌的气充势足。接着，作者说明了形成劲健风格的条件。所谓“真”，是指炽烈的感情；所谓“强”，是指强劲的气势；“饮”和“茹”是蓄涵、积伫之意，这是形象化的说法。“素”和“中”都近似今日所谓客观事物的本质和核心。司空图的意思是说，诗歌饱含着炽烈的感情，充满着强劲的气势，紧紧把握住客观事物的本质，这是形成劲健风格的根本条件。这两句话与《雄浑》的“大用外腓，真体内充”，在思想上一致，它们都强调内容和形式的统一，都强调内容决定形式，形式是内容的体现。“喻彼行健，是谓存雄”，是对前面两句意思的补充说明，作者指出：请看那天体运行如此畅健，正因为内涵了真正的“浑雄”。本品中“喻彼行健”的“行健”，即《雄浑》中“大用外腓”之“大用”；而本品中“是谓存雄”的“存雄”，也就是《雄浑》中“真体内充”之“真体”。由此可见，《劲健》与《雄浑》两品的关系是多么密切。

在最后一节，作者除赞美劲健风格与天地造化同属不朽之外，还对如何掌握劲健之风作了提示，并指出了人们易犯的毛病。“期之以实”要求在横向上，让劲健的气势遍充作品的各个方面，让全体都达到充分的强劲，“御之以终”，御是掌控、操弄之意，达到在纵向上自始之终，都得到劲健的贯彻。宋姜夔在《白石道人诗说》中也讲过类似的话:“作大篇尤当布置,首尾停匀,腰腹肥满。多见人前面有馀,后面不足;前面极工,后面草草,不可不知。”指出了不少人作诗的通病。钟嵘曾经批评谢朓诗歌“善自发诗端,而篇末多踬”。由于作者对生活的观察体验不深,蓄积不厚,所以往往出现“前面有馀,后面不足”的情况。例如谢朓的名篇《暂使下都夜发新林至京邑赠西府同僚》,“大江流日夜,客心悲未央”,发端的确气势不凡,“兴象千古”,然而结尾处却使人有气孱力弱之感。这就是司空图指出的不能“御之以终”的弊病。

在唐代,韩愈那些“横骛别驱,崭绝崛强”的诗篇,例如《岳阳楼别窦司直》、《调张籍》[①]等,写景叙事,极排比铺张之能事,布局运笔,变化无端,而气充力足,光焰逼人,最能表现劲健风格的特色。前人说它“直有千钧之力”,“雄奇岸伟,亦有光焰万丈之观”,并非出于偶然。又如,杜甫的《同诸公登慈恩塔》[②],前人评为“其气魄力量,自觉压倒群贤,雄视千古”。岑参的《登慈恩寺浮图》[③],前人评为“雄劲之概直与少陵匹敌”。这些作品都可作为劲健风格的代表。

①韩愈诗《调张籍》:“李杜文章在,光焰万丈长。不知群儿愚,那用故谤伤?蚍蜉撼大树,可笑不自量。伊我生其后,举颈遥相望。夜梦多见之,昼思反微茫。徒观斧凿痕,不瞩治水航。想当施手时,巨刃摩天扬。垠崖划崩豁,乾坤摆雷硠。惟此两夫子,家居率荒凉。帝欲长吟哦,故遣起且僵。剪翎送笼中,使看百鸟翔。平生千万篇,金薤垂琳琅。仙官敕六丁,雷电下取将。流落人间者,太山一毫芒。我愿生两翅,捕逐出八荒。精诚忽交通,百怪入我肠。刺手拔鲸牙,举瓢酌天浆。腾身跨汗漫,不著织女襄。顾语地上友,经营无太忙。乞君飞霞佩,与我高颉颃。”

②杜甫诗《同诸公登慈恩寺塔》:“高标跨苍天,烈风无时休。自非旷士怀,登兹翻百忧。方知象教力,足可追冥搜。仰穿龙蛇窟,始

出枝撑幽。七星在北户,河汉声西流。羲和鞭白日,少昊行清秋。秦山忽破碎,泾渭不可求。俯视但一气,焉能辨皇州?回首叫虞舜,苍梧云正愁。惜哉瑶池饮,日晏昆仑丘。黄鹄去不息,哀鸣何所投?君看随阳雁,各有稻粮谋。"

③岑参诗《登慈恩寺浮图》:"塔势如涌出,孤高耸天宫。登临出世界,磴道盘虚空。突兀压神州,峥嵘如鬼工。四角碍白日,七层摩苍穹。下窥指高鸟,俯听闻惊风。连山若波涛,奔走似朝东。青松夹驰道,宫观何玲珑?秋色从西来,苍然满关中。五陵北原上,万古青蒙蒙。净理了可悟,胜因夙所宗。誓将挂冠去,觉道资无穷。"

九　绮　丽

神存富贵　始轻黄金
浓尽必枯　淡者屡深

雾馀山青　红杏在林
月明华屋　画桥碧阴

金樽酒满　伴客弹琴
取之自足　良殚美襟

【今译】

精神上有了高远的追求，
就不在乎贵重的黄金。
浓艳到极点必然枯窘，
平和淡远者往往深沉。

晨雾初散，山色青翠，
绿林中漂浮着一抹红杏。
月明似水，华屋生辉，
碧荫下低亚着半弯桥影。

金杯里斟满了芬芳美酒，
画堂上奏响了锦瑟瑶琴。
这样的情景是多么美妙，

真叫人心满意足，开怀舒襟。

【注释】

〔神存富贵，始轻黄金〕神，精神；轻，轻视。二句意谓，精神高尚才算真正的富裕，才能轻视世俗的荣华富贵。

〔浓尽必枯，淡者屡深〕浓尽，浓艳到极点；枯，枯槁，枯涩。淡，一作浅；屡，往往，常常。

〔雾馀山青〕雾馀，一作露馀。柳宗元诗《晨诣超师院读禅经》："日出雾露馀，青松如膏沐。"此处似化用其意。

〔月明华屋，画桥碧阴〕华屋，华丽之屋。曹植《箜篌引》："生存华屋处，零落归山丘。"画桥，装饰绘画之桥。全句的意思是，华屋于明月之下，画桥在绿荫之中。

〔取之自足，良殚美襟〕足，满足。良，确实；殚(dān)，尽；美襟，美好的情怀。化用陶渊明诗《诸人共游周家墓柏下》"未知明日事，余襟良已殚"之句。

【诠析】

绮丽与素淡相对，是指清秀明丽的艺术风格。

清人杨深秀诗说："王官谷里唐遗老，总结唐家一代诗。"二十四诗品是对"众体毕备，百家擅胜"的唐代诗风的艺术总结，因此"门户甚宽，不拘一格。"它兼采了从壮美到优美，从阳刚到阴柔的各体诗美，各种相近、相异，甚至相反的诗歌风格品类，无不予以包括。作者在《诗品》中同时标列了与其诗美理想大异其趣的《绮丽》和《纤秾》，就足以证明这一点。绮丽原指辞采艳丽。《文心雕龙·情采篇》说："艳采辩说，谓绮丽也，绮丽以艳说。"所以李白用"自从建安来，绮丽不足珍"的诗句来批评魏晋南北朝诗歌。李白这里所说的

"绮丽",其含义近于曹丕所说的"诗赋欲丽",陆机所说的"绮靡",就是钟嵘和刘勰所批评的"妍冶"和"轻绮"之风,是指六朝和初唐那种过分讲究声色华藻而不重视内容情趣的不良诗风。然而司空图所讲的"绮丽"却有别于此,这是一种在华丽中揉合了清淡自然之气的诗风。六朝民歌《子夜歌》说:"慷慨吐清音,明转出天然。"司空图所描绘的绮丽之风,就具有这种清秀明丽的特色。这种"绮丽",与刘勰所说的"清丽"近似。刘勰认为"五言流调,清丽居宗",这是五言诗主要的风格特色之一。杜甫也写过"清词丽句必为邻"的诗句,称赞这种"清丽"的诗美。

在司空图看来,绮丽与自然、冲淡并不是完全对立的,它们能够在一个总的原则下统一起来。这一点前人也已经有所察觉,刘勰《文心雕龙·隐秀篇》就说过:"自然妙会,譬卉木之耀英华;润色取美,譬缯帛之染朱绿。朱绿染缯,深而繁鲜;英华耀树,浅而炜烨。"所谓"浅而炜烨",其意与"淡者屡深"不是很相近吗?正是在这种总的美学观点指导下,本章一开始就论述了"浓"和"淡"的辩证关系。作者先设喻说,只有精神上很丰裕的人,才能够不受黄金的诱惑;诗人如果真正懂得绮丽之美,就不会眩目于浓辞艳采的光泽,而应努力在内涵上臻于丰硕华美。"浓尽必枯,淡者屡深"两句紧承上喻,这是司空图审美经验的总结,分别说明了绮丽之风应当防止的弊病和适宜的表现方法,也反映了他企图把冲淡自然的诗美理想与华丽的诗风糅合起来的一种努力。司空图认为,只有寓丽于淡,从淡中见丽,才能达到真正的绮丽,这就是"淡者屡深"的含义。陆时雍《诗镜总论》说:"气太重,意太深,声太宏,色太厉,佳而不佳,反以此病。故曰:穆如清风。"刘勰《文心雕龙·情采篇》也指出:"吴锦好渝,舜英徒艳;繁采寡情,味之必厌。"这些意见共同指明了艺术美的一条普遍规律:艺术,必须掌握谐和、适度的原则。浓辞艳彩,急管繁弦,未必就能产生强烈的效果。假如超过了一定限度,还会向反面转化,其结果往往“佳而不佳,反以此病”。

在唐诗中,“淡语而有深味,浅语而有深致”的例子很多。施补华《岘佣说诗》指出:“韦公(韦应物)悼亡之诗,‘幼女复何知,时来庭下戏’,亦以淡笔写之,而悲痛更甚。”以幼女的不知悲痛,反衬自己的悲怀无托,而以淡笔出之,使人觉得淡而弥深。韦应物诗:“微雨夜来过,不知春草生。”笔墨何等自然和淡,而表现初春的气息却是如此浓郁。这些都可以证明“淡者屡深”的道理。瞿佑《归田诗话》记载:“晏元献公诗不用珍宝字,而自然有富贵气象。如‘梨花院落溶溶月,柳絮池塘淡淡风’、‘楼台侧畔杨花过,帘幕中间燕子飞’等句,公尝举此谓人曰:‘贫家儿有此景致否?’晏叔原,公侄也,词曰:“舞低杨柳楼心月,歌尽桃花扇底风’,盖得公所传也。”这两个例子,可替“神存富贵,始轻黄金”作注脚。苏东坡曾经说过,陶渊明诗“质而实绮,癯而实腴”,柳宗元诗“外枯而中膏,似淡而实美”。这些意见与司空图“寓淡于丽,淡中见丽”的思想也是一脉相通的。

第二节借景以摹状。作者以诗人的笔触,自早及晚,由外到内传神地描绘了绮丽的自然风光:晨雾乍褪的青山,绿树丛中的红杏,月光之下的华屋,柳荫掩映的画桥,有机地统一在共同的主题之中,形象地展现了绮丽之美的风致。作者在表现这种绮丽之景时有两点值得注意,一是避免从正面落笔,而从侧面烘托,有意无意间露一鳞半爪,烘云托月,云破月来,而绮丽之神愈出。二是在着色时浓淡相间,从清淡中求绮丽,实际上就是“浓尽必枯,淡者屡深”这一美学原则的具体运用。

最后写绮丽之情。司空图心目中的绮丽之情既不是达官显宦的志满意得,也不是无行文人的风流艳情,而是洁身自守、心有所寄的士大夫的所谓高情逸韵:酒逢知己,琴遇知音,同声相应,同气相求,这是人生最大的乐趣,这才是真正的绮丽之情。末二句说,这种情景生活中到处都能遇到,并不需要刻意去追索。由此可见,司空图所谓的绮丽之情，主要指舒畅惬意，情境相偕，偏重于内在感情的自我满足，指明了诗风中字面的绮丽远不及内涵绮丽重要，这一点是非常有意义的。司空图所描述的这种绮丽诗风，在六朝民歌中已有相当完美的表现，《西洲曲》[①]便是一个典型例子。在唐诗中，能够体现这种风格特点的作品很多，被闻一多先生称为“诗中之诗，顶峰上的顶峰”的一代名篇，张若虚的《春江花月夜》[②]，洗净了六朝宫体诗淫靡华艳的色彩，吸收了六朝民歌明媚秀丽、细腻委婉的长处，在华丽中糅合了清秀之气，白云、流水、夜月、青枫，构成一幅色彩明丽、变幻迷离的“春江夜月图”，很能体现司空图“绮丽”之风的特色。李白诗《秋登宣城谢朓北楼》[③]、《谢公亭》、《访戴天山道士不遇》[④]等篇，秀丽中夹着清新，烘染设色浓淡相间，抒情写景自然舒展，也是具有绮丽风格的作品。杜牧的七律《商山麻涧》[⑤]，以自然秀丽的笔调，写出了春天乡村的景色；韦应物诗《西郊燕集》[⑥]，恬淡中显露出绚丽之态，都是绮丽风格的表现。

①六朝民歌《西洲曲》：“忆梅下西洲，折梅寄江北。单衫杏子红，双鬓鸦雏色。西洲在何处？两桨桥头渡。日暮伯劳飞，风吹乌桕树。树下即门前，门中露翠钿。开门郎不至，出门采红莲。采莲南塘秋，莲花过人头。低头弄莲子，莲子清如水。置莲怀袖中，莲心彻底红。忆郎郎不至，仰首望飞鸿。鸿飞满西洲，望郎上青楼。楼高望不见，尽日栏杆头。栏杆十二曲，垂手明如玉。卷帘天自高，海水摇空绿。海水梦悠悠，君愁我亦愁。南风知我意，吹梦到西洲。”

②张若虚诗《春江花月夜》：“春江潮水连海平，海上明月共潮生。滟滟随波千万里，何处春江无月明。江流宛转绕芳甸，月照花林皆似霰。空里流霜不觉飞，汀上白沙看不见。江天一色无纤尘，皎皎空中孤月轮。江畔何人初见月？江月何年初照人？人生代代无穷已，江月年年只相似。不知江月待何人，但见长江送流水。白云一片

去悠悠,青枫浦上不胜愁。谁家今夜扁舟子?何处相思明月楼?可怜楼上月徘徊,应照离人妆镜台。玉户帘中卷不去,捣衣砧上拂还来。此时相望不相闻,愿逐月华流照君。鸿雁长飞光不度,鱼龙潜跃水成文。昨夜闲潭梦落花,可怜春半不还家。江水流春去欲尽,江潭落月复西斜。斜月沉沉藏海雾,碣石潇湘无限路。不知乘月几人归,落月摇情满江树。"

③李白诗《秋登宣城谢朓北楼》:"江城如画里,山晚望晴空。两水夹明镜,双桥落彩虹。人烟寒桔柚,秋色老梧桐。谁念北楼上,临风怀谢公。"

④李白诗《访戴天山道士不遇》:"犬吠水声中,桃花带雨浓。树深时见鹿,溪午不闻钟。野竹分青霭,飞泉挂碧峰。无人知所去,愁倚两三松。"

⑤杜牧诗《商山麻涧》:"云光岚彩四面合,柔桑垂柳十馀家。雉飞鹿过芳草远,牛巷鸡埘春日斜。秀眉老父对樽酒,茜袖女儿簪野花。征车自念尘土计,惆怅溪边书细沙。"

⑥韦应物诗《西郊燕集》:"济济众君子,高宴及时光。群山霭遐瞩,绿野布熙阳。列坐遵曲岸,披襟袭兰芳。野庖荐嘉鱼,激涧泛羽觞。众鸟鸣茂林,绿草延高冈。盛时易徂谢,浩思坐飘扬。眷言同心友,兹游安可忘。"

十　自　然

俯拾即是　不取诸邻
俱道适往　著手成春

如逢花开　如瞻岁新
真予不夺　强得易贫

幽人空山　过水采苹
薄言情晤　悠悠天钧

【今译】

好诗句总归是信手拈来，
用不着费心去东搜西寻。
好诗篇总符合客观自然，
落笔处便创造出美妙诗境。

像看到花朵徐徐舒放，
像看着岁月流驶更新。
真情所注的永远是常在常青，
无病之吟则每每意枯辞贫。

一如幽人在空山漫行，
涉水时随手采摘白苹。
忽然间诗人触发了灵感，

悠悠然就像奏响了天钧。

【注释】

〔俯拾即是，不取诸邻〕弯下身子拾起来就是了，完全用不着到别处去刻意追寻。这是形象化的说法。意思是诗境和诗句当出之自然，信手拈来便是。

〔俱道适往，著手成春〕俱道，与道俱；适，即往。《庄子·天运》："道可载而与之俱也。"道，指客观事物；著手，落手，落笔；成春，比喻创造出了美妙的诗境。

〔真予不夺，强得易贫〕真予，自然的赐予；不夺，不会丧失。强得，勉强的求取；贫，枯槁、匮乏。

〔薄言情晤，悠悠天钧〕薄言，语助词，无实义。情晤，凭真情体晤。晤，一作悟。悠悠，广大悠远貌。天钧，天上的音乐。李商隐诗《寄令狐学士》："天钧虽许人间听，阊阖门多梦自迷。"

【诠析】

自然对造作而言，是指自然本真的艺术风格。崇尚自然是老庄哲学的基本观点之一，司空图正是在这种哲学观的基础上建立了"自然"的诗美理想。从文艺理论本身的继承关系看，司空图并不是第一个注意到自然之美的人。当六朝文学形式主义倾向风靡文坛之时，钟嵘和刘勰曾分别提出过"自然英旨"、"自然妙会"的口号来纠正当时不良的风气，可惜反响不大。因为一个时代的审美风尚的形成，往往有着深刻的多方面的原因，并不是依靠几个人的力量能够纠正的。不过，刘勰和钟嵘虽然把自然作为一种标准、一种理想提出来，但是并未特别加以强调。而司空图却不仅把自然作为诗歌风格的一种，专门加以论述，而且还把它作为整个美学思想的基础而贯穿于二十四品之中。司空图如此崇尚自然之美,正是时代审美风尚巨大转变的一种反映。

本章第一节论述如何才能达到自然之境。“俯拾即是,不取诸邻”是对自然风格形象的表述。“阳春召我以烟景,大块假我以文章”(李白《春夜宴桃李园序》),自然界、生活里到处都是诗的素材,诗人经过自己的观察、体验,有了真体会,真感受,那么随手拈来便是,完全用不着冥思苦索,更不必乞求于堆砌辞藻,排比典故,这就是“俯拾即是,不取诸邻”的具体含义。“俱道适往,著手成春”是本章的核心思想,说明形成自然风格的基本条件。“道”指客观事物。司空图强调,只要作者与大自然融为一体,就能够得心应手,“著手成春”,开拓出美妙的诗境。在这里,“俱道适往”是“俯拾即是”的条件,而“著手成春”则是“俱道适往”的结果。王若虚《滹南诗话》引苏东坡语说:“昔人之文非能为之为工,乃不能不为之为工。”东坡所讲的“不能不为”之“工”,就是指诗人“俱道适往”,顺随自然规律进行创作时,那种左右逢源、无往不适的境界。

中间小节以“花开”、“岁新”摹状自然风格的特点之后,进一步阐发,指出自然风格应该遵循的原则——“真予不夺,强得易贫”。在这里“真”和“道”是同一个概念,都指客观本真的事物。只要与之融会贯通,就能够获得不夺之“真予”,才可以避免“强得”之贫瘠。“花开”和“岁新”是“成春”的具体化和形象化,正因为它们是自然的赐予而非人为的“强得”,所以能够最完美地体现自然风格的特点。元好问《论诗绝句》称赞谢灵运诗“池塘春草谢家春,万古千秋五字新”,又称赞陶渊明诗“一语天然万古新,豪华落尽见真淳”,都与司空图所论契合。

在最后一节,作者提出了重要的“情晤”说,作为达到自然风格的主要方法。“情晤”是指诗人在体察自然过程中,以主观感情去观照客观景物,达到一种美妙的、和谐一致的会合,也就是王夫之所说

的“含情而能达,会景而生心”。这是抒情诗人反映现实的一种独特方式。司空图强调,“情晤”必须是感情的自然触发,即所谓“景以情合,情以景生,初不相离,唯意所适”,而不是带情逐景,也不是以景寓情,甚至也不是王国维所说的“以我观物,故物皆著我之色彩”,而是在景中情晤,就像山居幽人涉水时随手采撷白苹一样,完全在不经意中得之。只有这样,才能真正避免人工斧凿痕迹,像“悠悠天钧”一般自然和洽。叶梦得《石林诗话》说:“池塘生春草,园柳变鸣禽,世多不解此语为工,盖欲以奇求之耳。此语之工,正在无所用意,猝然与景相遇,借以成章,不假绳削,故非常情所能到。诗家妙处,当以此为根本,而思苦言难者,往往不悟。”“诗家妙处”,可以作为司空图“情晤说”的具体说明。司空图的“情晤说”对后代产生了很大影响,严沧浪的“妙悟说”,王渔洋的“神韵说”,都与这种理论有一定的渊源关系。

自然是司空图对于诗美的基本要求,是融贯于二十四诗品中的主要诗歌理想。他认为雄浑之风必须“持之匪强,来之无穷”,劲健之风有赖于“饮真茹强,蓄素守中”,精神之风只能“妙造自然,伊谁与裁”,缜密之风应像“水流花开,清露未晞”,疏野之风总是“拾物自富,与率为期”,委曲之风应像“道不自器,与之圆方”,实境的获得也是“遇之自天,泠然希音”。即便在形容这类很难完全避免人工斧凿痕迹的品类中,他也强调“俱似大道,妙契同尘”。这种对于自然的要求有时几乎达到苛刻的程度,例如在《流动》中,他认为即使用“若纳水輨,如转丸珠”这样著名的比喻来摹状流动的特点,仍不免“假体遗愚”。只有那悠悠千载,周流不息的“坤轴”和“天枢”,才称得上真正的流动。这种对于自然美的高度礼赞和极端尊崇,不仅有点脱离实际,而且还往往附着了老庄哲学中那个“微妙玄虚”的“道”的影子,有时不免使《诗品》明丽清新的画面蒙上一层迷人眼目的雾翳。这是作者神秘主义哲学观的赘遗,在某种程度上也是时代的局限,今

天读来不免有些遗憾。但是，当晚唐诗坛浮艳华靡、雕削刻凿的风气大盛之时，司空图以冲淡、自然之美的理想与之抗衡，在当时无疑是有积极意义的。

在唐诗中，具有这种自然风格的作品很多。例如王维的五古《渭川田家》[①]，孟浩然的五律《过故人庄》[②]，以极朴素的笔调，写出乡村田园生活的情趣；所取都是眼前普通景物，仿佛“俯拾即是”，而表达的感情却含蓄醇厚，有余不尽。李白某些绝句，如《静夜思》[③]、《赠汪伦》[④]等，自然流畅，写来若不经意，而语浅情深，神馀言外，都足为自然风格的代表。

①王维诗《渭川田家》已见《冲淡》注文。

②孟浩然诗《过故人庄》：“故人具鸡黍，邀我至田家。绿树村边合，青山郭外斜。开轩面场圃，把酒话桑麻。待到重阳日，还来就菊花。”

③李白诗《静夜思》：“床前明月光，疑是地上霜。举头望明月，低头思故乡。”

④李白诗《赠汪伦》：“李白乘舟将欲行，忽闻岸上踏歌声。桃花潭水深千尺，不及汪伦送我情。”

十一 含 蓄

不著一字　尽得风流
语不涉难　已不堪忧

是有真宰　与之沉浮
如渌满酒　花时返秋

悠悠空尘　忽忽海沤
浅深聚散　万取一收

【今译】

表面上不道及一语一字，
骨子里已尽得神采风流。
诗篇中没讲到忧愁苦难，
就已使读者不堪其忧。

诗篇的立意是全诗的主宰，
必须融化于诗中一起沉浮。
像酿成的新醅满蓄美酒，
像花讯里春寒骤至，仿佛返秋。

天空中因风聚散的尘埃，
海面上随波上下的浮沤。
世间万物随处漂荡聚散，

构思时必须博采精收。

【注释】

〔不著一字，尽得风流〕不著一字，没有一个字直接说到描写对象；著，附著。风流，这里指事物的精神情韵。

〔语不涉难〕语，语句；涉难，涉及忧患之事。难字一作已，亦通。

〔是有真宰〕是有，此中有。真宰，《庄子·齐物论》："必有真宰而特不得其朕。"《文心雕龙·情采》："故有志深轩冕而泛咏皋壤，心缠几务而虚述人外，真宰勿存，翩其反矣。"真宰一词，在庄子是指道，在刘勰则指真实的感情。司空图此处似用刘义。

〔如渌满酒，花时返秋〕渌，同漉，过滤；满酒，满蓄待榨之酒醅。花时，指春季；花时返秋，自然界各种草木虫鱼都已做好了开花、扬粉、寻偶的准备，忽然，大气寒流袭来，气温陡降（返秋），于是万物暂时哑默，静候艳阳之再现。司空图在这里以行将迸发的全部生命力为含蓄之义设譬，极为精彩。

〔悠悠空尘，忽忽海沤〕空尘，天空的尘埃；海沤，海水表面的泡沫；悠悠，忽忽，都是飘荡无定之意。

〔万取一收〕执一驭万，博采精收。意为从纷繁的原始素材中撷取最能表现事物本质的东西，这实际上是指典型化的过程。

【诠析】

含蓄是指一种意在言外、含而不露的艺术风格。刘勰《文心雕龙·隐秀篇》说"隐也者，文外之重旨也"，又说"隐之为体，义生文外，秘响傍通，伏采潜发"，就是指含蓄风格的这种特点。但是，自从王士禛《香祖笔记》把"不著一字，尽得风流"和"蓝田日暖，良玉生烟"并提之后，有些人往往以为含蓄就是司空图诗美的理想，即"韵

外之致”的精神了，这是一种误解。其实司空图在这里所说的“不著一字，尽得风流”和《与李生论诗书》所赞美的“近而不浮，远而不尽”的“韵外之致”并不是一回事，后者才是司空图理想的诗美极致(这一点我们将在二十一品《超诣》中再作详细论述)。含蓄就是刘勰所说的“隐”，其特点是“义生文外”，不直言说破，而引导读者自己去追索，去领会。含蓄仅仅是作者所肯定的古已有之的一种表现手法而已。

本章先讲什么叫做含蓄。“不著一字，尽得风流”两句一从方法讲，一从效果讲，合起来非常恰当地给含蓄风格下了定义。作者认为，不在文字上正面涉及描写对象，而通过其他方法把对象的精神表现得更加充分，是含蓄风格的主要特点。这就是李重华《贞一斋诗说》讲的“言下未尝毕露，其情则已跃然”，陈廷焯《白雨斋词话》说的“终不许一语道破”。“语不涉难，已不堪忧”这个比方虽然有点笨拙，但却能够进一步说明含蓄风格的特征。唐诗中就有很多这样的例子，如朱庆馀的《宫中词》：“寂寂花时闭院门，美人相并立琼轩。含情欲说宫中事，鹦鹉前头不敢言。”这首诗揭露古代宫廷的黑暗恐怖，反映被禁闭于深宫的宫女们的痛苦生活。作者并不正面涉及主题，而用侧笔烘托，表面上虽然“不著一字”，但却把主题表现得更加充分，因而能够“尽得风流”。又如李商隐的《乐游原》诗：“向晚意不适，驱车登古原。夕阳无限好，只是近黄昏。”作者虽然只说夕阳，并不正面涉及自己，但是运用借景言情的方法，把诗人自身的“迟暮之感，沉沦之痛”表现得更加沉厚含蓄，这就叫做“语不涉难，已不堪忧”。

接下去四句说明形成含蓄风格的根本条件。为什么“不著一字”却能够“尽得风流”呢？因为诗人把握和表现了描写对象的精神本质——“是有真宰，与之沉浮”。刘勰在《文心雕龙·情采》篇曾经批评那种“志深轩冕而泛咏皋壤，心缠几务而虚述人外”的作品“言与志反”,“真宰勿存”,则从相反的角度说明表现事物精神本质的重要,可以参看。“如渌满酒,花时返秋”句用两个生动的比喻,不仅形象地描绘了含蓄风格字面下的真意饱满的样子,而且指出这种风格在表现方法上还有欲露还藏、言尽意馀的特点。姜夔《白石道人诗说》:“语贵含蓄。东坡云,言有尽而意无穷者,天下之至言也。句中无馀字,篇中无长语,非善之善者也;句中有馀味,篇中有馀意,善之善者也。”陆时雍《诗镜总论》说:“善言情者,吞吐浅深,欲露还藏,便觉此中无限。”都指出了含蓄风格表现方法上的这一特点。含蓄的反面是直白浅露。司空图在《与王驾评诗书》中曾经批评元稹、白居易的诗“力勍而气孱,乃都市之豪估耳”。这当然有些片面。但是从艺术表现上说,元、白的某些诗篇确有“好尽”的毛病。宋张戒《岁寒堂诗话》对这个问题做过具体分析,他说:“道得人心中事,此白乐天长处,然情意失于太繁,景物失于太露,遂成浅近,略无馀蕴,此其所短处。”陆时雍《诗镜总论》也说:“诗不患无材而患材之扬,诗不患无情而患情之肆,诗不患无言而患言之尽,诗不患无景而患景之繁。”他们两人都批评了艺术上浅露好尽,“略无馀蕴”的毛病。

最后四句紧承上节,说明掌握含蓄风格的方法。在“悠悠忽忽”,瞬息万变的大千世界里,在“浅深聚散”、纷纭复杂的客观事物中,作者应该怎样去把握和表现“真宰”,即对象的精神本质呢?司空图提出了“万取一收”的原则。孙联奎《诗品臆说》解释说:“万取,即取一于万;一收,是收万于一。”“万取一收”与作者在其他各品提出的“返虚入浑”,“超以象外,得其环中”,“离形得似”等等,虽然有各自不同的强调面,但都是说明艺术如何表现客观对象这个总题目的。“万取一收”讲客观素材与创作的关系,但它不光是指取舍客观素材的原则,而是指“具备万物”之后进行抽象、概括的创造典型的手段。“万取”要求素材多,蓄积厚;“一收”则要求创造更概括、更集中的典型。司空图认为,只有从“浅深聚散”的纷繁复杂的客观事物中概括、提炼最能表现描写对象精神本质的典型形象，这才是形成含蓄风格的根本的途径。这也是司空图对我国古代文艺理论的重要贡献之一。

十二　豪　放

观花匪禁　吞吐大荒
由道返气　处得以狂

天风浪浪　海山苍苍
真力弥满　万象在旁

前招三辰　后引凤凰
晓策六鳌　濯足扶桑

【今译】

赏花的怡情何须禁绝，
心胸阔大要吞吐八荒。
从大自然养就了浩然之气，
骋思时才能够纵横肆放。

像天风横空的浩浩荡荡，
像海上仙山的莽莽苍苍。
诗人的豪情弥漫奔放，
落笔时万象都在身旁。

日月星辰在前面引路，
身后跟随着五色凤凰。
一清早挥长鞭驱策六鳌，

送我去濯足直到扶桑。

【注释】

〔观花匪禁，吞吐大荒〕匪禁，不必禁止。大荒，边远之地，见《山海经·大荒东经》。吞吐大荒，极言其气魄之大。

〔由道返气，处得以狂〕道，这里指客观现象；气，豪放之气，由道返气，从对道的认识，达到自身艺术能力、艺术修养的提高。狂，狂放，指摆脱羁绊、无拘无束的创作境界。

〔天风浪浪，海山苍苍〕浪浪，形容风势的浩大有力；苍苍，形容海光山色的莽无涯际。

〔真力弥满，万象在旁〕真力，激情所产生的力量；万象，各种各样的现象。诗人由于感情激荡，所以落笔时各种形象均浮现于前，仿佛万物均可由其驱遣。清无名氏《诗品注释》说："总由于真实之力弥满于内，故两间万有之象俱罗列而在于其旁而不能以不豪也。"

〔三辰〕日、月、星。

〔晓策六鳌，濯足扶桑〕策，鞭策；鳌，传说中的大海龟。《列子·汤问》："龙伯之国有大人，举足不盈数步而暨五山之所，一钓而连六鳌，合负而趋。"濯足，洗脚，左思诗《咏史》："振衣千仞岗，濯足万里流。"扶桑，神话中的树木名，相传为日出之处，《山海经·海外东经》："汤谷上有扶桑，十日所浴。"鞭策六鳌，濯足扶桑，驱遣万物，经行万里，当然是极其豪放的行为。

【诠析】

豪放是指豪迈纵放的艺术风格。这是一种宽阔雄大的诗风，它与劲健相近，同属阳刚之美。两者不同之处在于：劲健重在文章的力量与气势，而豪放则注重感情的奔放和想象力的驰骋，重在气魄。在唐代,李白的诗歌"想落天外,局自变生","驱走风云,鞭挞海岳",最能体现豪放风格的特色;而劲健的诗风,当以韩愈那些能"驱驾气势,若掀雷挟电"的诗歌为代表。

作者首先分析豪放风格的特点和形成的原因,"观花匪禁,吞吐大荒"两句说明豪放诗风的特点是气魄宏放,能够"吞吐大荒"。但是作者认为豪放并非粗豪,它并不妨碍诗人赏花的闲情逸致。正如鲁迅《答客嘲》诗所说的:"无情未必真豪杰,怜子如何不丈夫。知否兴风狂啸者,回眸时看小於菟。"豪放者未必无赏花之怡情,豪杰者未必无儿女之态,这是同一道理。"由道返气"指出形成豪放之风的原因,概括说明了生活与创作的关系。在二十四诗品中,"道"字一共出现过七次,"俱道适往"(自然),"由道返气"(豪放),"道不自器"(委曲);"如见道心"(实境),"大道日往"(悲慨),"俱似大道"(形容),"少有道契"(超诣),这许多"道"字的含义并不完全一样,它们既残留着老子那个"惟恍惟忽"的"道"的痕迹,但又不完全是老子所说的"道"。在大多数场合,司空图所说的"道"是指客观规律或客观实在。在本篇,"道"是指客观现象,"气"是指由诗人体悟了各种客观现象形成的豪放气魄,孟子说,"吾善养吾浩然之气"。"狂",豪放之气既具,思无羁绊,笔无涯涘,神迈千里,万象在侧,进入无拘无束的创作境界,类似李白诗"我本楚狂人,凤歌笑孔丘"的"狂"。司空图指出,只有在客观的自然和社会现象基础上形成了豪放之气,诗人才能够在骋思时纵横逸宕,不受拘束,才能形成真正的豪放诗风。

接下去四句进一步说明豪放诗风气魄的宏大,感情的热烈和想象力的丰富。"天风浪浪,海山苍苍"两句摹神取象,以万里天风和莽苍山海为喻,竭力形容豪放诗风的宏大气魄。"真力"是指诗歌中因感情的热烈和奔放而产生的那种震撼人心的力量。"万象在旁"则指出了豪放诗风的另一个特点——丰富的想象力。例如屈原、李

白的诗篇,由于想象力的丰富,仿佛有叱咤风云、驱遣万物的能力。强烈的感情有助于驰骋想象,而丰富的想象又能够更充分地表达强烈的感情。刘勰《文心雕龙・神思篇》说过:“夫神思方运,万涂竞萌,规矩虚位,刻镂无形。登山则情满于山,观海则意溢于海,我才之多少,将与风云而并驱矣。”这段精采的描写,可为“真力”两句作注脚。

最后,作者概括古人诗意,描写了招引日月、驱策鸾凤这类壮举,为豪放诗风举例。从我国诗歌史看,豪放的诗风最能体现浪漫主义的特色,这种浪漫主义,就是以热烈奔放的感情,大胆奇丽的想象,恢宏的气魄为其主要特点的。这些特点,在屈原和李白的某些诗篇中表现得最为充分,最为酣畅淋漓。例如李白的七古《扶风豪士歌》[①]、《襄阳歌》、《将进酒》、《梁园吟》;盛唐边塞诗的某些作品,如王昌龄的《从军行》[②],岑参的《走马川奉送封大夫出使西征》[③]等,都是从不同角度体现了豪放诗风特色的优秀之作。

①李白诗《扶风豪士歌》:“洛阳三月飞胡沙,洛阳城中人怨嗟。天津流水波赤血,白骨相撑如乱麻。我亦东奔向吴国,浮云四塞道路赊。东方日出啼早鸦,城门人开扫落花。梧桐杨柳拂金井,来醉扶风豪士家。扶风豪士天下奇,意气相倾山可移。作人不倚将军势,饮酒岂顾尚书奇?雕盘绮食会众客,吴歌赵舞春风吹。原尝春陵六国时,开心写意君所知。堂上各有三千客,明日报恩知是谁?抚长剑,一扬眉,清水白石何离离!脱吾帽,向君笑,饮君酒,为君吟。张良未逐赤松去,桥边黄石知我心。”

②王昌龄诗《从军行》:“青海长云暗雪山,孤城遥望玉门关。黄沙百战穿金甲,不破楼兰终不还。”“大漠风尘日色昏,红旗半卷出辕门。前军夜战洮河北,已报生擒吐谷浑。”

⑧岑参诗《走马川奉送封大夫出使西征》:“君不见走马川行雪

海边，平沙莽莽黄入天。轮台九月风夜吼，一川碎石大如斗，随风满地石乱走。匈奴草黄马正肥，金山西见烟尘飞，汉家大将西出师。将军金甲夜不脱，半夜军行戈相拨，风头如刀面如割。马毛带雪汗气蒸，五花连钱旋作冰，幕中草檄砚水凝。虏骑闻之应胆慑，料知短兵不敢接，军师西门伫献捷。”

十三　精　神

欲返不尽　相期与来
明漪绝底　奇花初胎

青春鹦鹉　杨柳池台
碧山人来　清酒满杯

生气远出　不著死灰
妙造自然　伊谁与裁

【今译】

你走上穷根究底的无尽之路，
新的境界便一层一层联翩而来。
像深潭绝底的光影闪烁变幻，
像阆苑奇葩的蓓蕾渐渐舒绽。

春天的鹦鹉正扑腾欢跃，
池边的杨柳在轻轻摇摆。
深山的来客精神矍铄，
我斟上满满的清酒一杯。

生命的力量蓬勃张扬，
不曾见一点点馀烬冷灰。
这都是大自然的奇妙创造，

又岂是何人的匠心所裁。

【注释】

〔欲返不尽,相期与来〕返,返回。不尽,永无穷尽,指探索客观事物。与来,与之俱来。

〔明漪绝底,奇花初胎〕明漪(yī),清澈的水流;绝底,极底,清澈见底。胎,借指花的苞芽,初胎即苞蕾初生。两句前者比喻精神之明澈纯净,如流水之清澈见底,后者比喻精神之生气蕴藉,如奇花之含苞欲放。

〔青春鹦鹉〕青春,指春天。鹦鹉在春天更显得活泼而富有生气。

〔生气远出,不著死灰〕生气,活力,生命力。死灰,熄灭的火灰,比喻没有生气。《庄子·齐物论》:"形固可使如槁木,而心固可使如死灰乎?"司空图认为有生气是精神之风的主要特点。

〔妙造自然,伊谁与裁〕造,达到;伊,句首语助词;裁,熔裁。全句意思是说,精神之风只有靠自然的力量才能达到,此外谁能够人为地加以熔裁呢?

【诠析】

精神与萎弱相对,是神气清明、生气舒发、神采奕奕的艺术风格。与"典雅"、"绮丽"等都是指的诗风外貌特征。今天的哲学用语指人的思想意识,与之无关。

第一节摹写精神之风的面貌。对"欲返不尽,相期与来"两句,历来有各种各样的解释,但是都很勉强。造成这种情况的原因并不是由于诗句内容深奥,而是作者的表述本身就有缺点。在我国古代哲学中,存在着一种比较初级的朴素的循环论的辩证法观念,例如

《周易》说“无平不陂，无往不复”，“反复其道，七日来复”；《老子》也说“万物并作，吾以观复”。所谓“复”，就是指事物向相反的方向变化而又回到原来的地方。司空图在论证问题和表述概念时受到这种观念的影响。在《二十四诗品》中，这个“返”字一共出现了五次：“返虚入浑”（《雄浑》），“乘月返真”（《洗炼》），“由道返气”（《豪放》），“欲返不尽”（《精神》），“返返冥无”（《流动》）。这个“返”字不仅带有“返回”这样的循环论色彩，而且还具有“进行”、“发展”这种辩证法的因素，它每每用来说明发展中的一个过程，这个过程常有处于质变之前的含义。从这样的理解出发，我们认为“欲返”两句是作者对于怎样能使诗篇具有精神的正面描述。在司空图看来，客观事物的精神就像宇宙万物一样，“往而复来，来而复往”，生生不息，永无穷尽。因此，从作者方面说，诗人如能向客观对象作穷根究底的探究，那么，对于事物的认识就会不断深化，而表现精神之风的艺术手段就会源源而至，不绝如流。以下六句，充分发挥以诗论诗的特点，用四个意象组成一个场景，来描绘“精神”风格的具体品貌。“明漪绝底”句，以水底的明漪，光影摇动处一池皆活，来形容这种诗风的清气勃发；接着又用春天花朵之蓓蕾初孕，欲开未开，来喻状这种诗风的饱含生机。这两句写得非常精彩，是作者体察大自然生命之道的精微以后的独得之见，其精神气质之健康清新，一扫当时弥漫于诗坛的靡弱之风，特别引人注意。

最后四句转入议论，说明形成精神诗风的条件和掌握这种风格的方法。作者强调精神之风必须生气流溢，精完神足，尽扫萎靡纤弱之态。清钱泳《履园谭诗》说：“诗文家俱有三足，言理足、意足、气足也。……理与意皆辅气而行，故尤以气为主，有气则生，无气则死。”司空图要求的“生气远出，不著死灰”与这段话的思想是一致的。但是，在谈到如何掌握这种风格的时候，司空图却无力前进了，只好似是而非地说：“妙造自然，伊谁与裁。”这种观点在《二十四诗品》中屡

有所见。例如《实境》说“遇之自天，泠然希音”，《飘逸》说“识者已领，期之愈分”，《超诣》说“诵之思之，其声愈希”，《形容》说“俱似大道，妙契同尘”。这种思想来自他所秉承的老庄哲学。《老子》说：“人法地，地法天，天法道，道法自然。”《庄子·秋水篇》说：“可以言论者，物之粗也，可以意会者，物之精也。”他那个著名的“轮扁斫轮”的故事强调一切妙道都难以用语言文字来传达，只有求之于言辞之外。老庄虽然承认自然的客观性，但却否认人对自然的能动性；虽然强调自然美的重要性，但又否定认识它、表现它的可能性。对老庄这种观点，荀子尖锐地批评说：“蔽于天而不知人。”真是一语破的。司空图思想中这种不可知论的因素，常常给诗品明丽的画面布上一层阴影。

作为一种艺术风格，精神之风的个性不够鲜明，界说也不大清楚。因此，很难从唐诗中概括出这样一种独立的艺术风格。孙联奎《诗品臆说》举出杜甫《绝句》“两个黄鹂鸣翠柳，一行白鹭上青天。窗含西岭千秋雪，门泊东吴万里船”作这种风格的代表，并评论说“无一字不精神”，可备一说。

十四　缜　密

是有真迹　如不可知
意象欲生　造化已奇

水流花开　清露未晞
要路愈远　幽行为迟

语不欲犯　思不欲痴
犹春于绿　明月雪时

【今译】

好诗篇肯定有内在的脉络，
只不过浑融得难以寻找。
新酝酿的意象即将形成，
大自然却又起了奇妙变化。

像水流花开般自然而然，
像早晨的清露遍润大地。
主线的安排愈是深曲幽远，
行文便愈要幽婉绵密。

语句不应当前后重复，
文思不可以死板呆滞。
犹如那春天的满眼新绿，

又像雪月交辉，浑融无迹。

【注释】

〔是有真迹，如不可知〕是，此，指缜密的作品。全句意思是说这类作品如无缝天衣，金针度尽，虽有确切的脉络，但是难以一目了然。杨庭芝说："是有真迹，不得形似；如不可知，理可微会。"

〔意象欲生，造化已奇〕意象，作者观察客观世界所形成的文学形象；造化，指大自然；奇，变化。

〔水流花开，清露未晞〕花开，一作花间。晞，干。这两句强调缜密应具有浑融无迹的自然之致。

〔要路愈远，幽行为迟〕要路，关键之路，比喻作品中进入主题的设计路线；幽行，缓步徐行，比喻幽婉绵密的细节安排。这两句讲缜密的笔法。

〔语不欲犯，思不欲痴〕犯，重复；痴，呆板。语言不能前后重复，思路不应呆板滞涩。这两句讲缜密作品的语言和构思。

〔犹春于绿，明月雪时〕犹如春天的无处不绿，犹如雪月交辉，浑融一片。谢灵运诗："明月照积雪。"这两句表明作者对缜密之风的理想。

【诠析】

缜密对粗疏而言，是指细致绵密的艺术风格。缜密讲究结构布局，经营位置，这些都属于创作技巧的范围，从表面上看似乎与司空图崇尚自然的美学理想抵触，其实并不如此。作者对缜密的基本要求是具有化工之妙，不露人工斧凿痕迹。正如沈德潜《说诗晬语》说的那样："行所不得不行，止所不得不止，而起伏照应，承接转换，自神明变化于其中。"合乎自然之道，仍旧是贯穿于本品的基本思想。

司空图认为，缜密的作品固然应该讲结构布局，经营位置，但是必须安排得异常细密熨贴，不露人工痕迹。这就是"是有真迹，如不可知"的含义。清代王渔洋在谈到《古诗十九首》结构之妙时说："如无缝天衣，后之作者，求之针缕襞积之间，非愚则妄。"司空图对缜密的第一个要求，也是如"无缝天衣"，脱尽针线的痕迹。作者接下去说，当你心中的意象开始孕育的刹那间，大自然又发生了微妙的变化。艺术本来是企图描写自然的，但当你打算把观察到的东西摹录下来时，客观的现象又有了向前发展的变化。在这里，司空图除了赞美自然界变化的渺无痕迹，似乎有这样的意思：在考虑作品结构布局、经营位置时，固然要从总体上安排。但这种安排应当是随机的、动态的而不是凝固的、静态的，应当在每个细节的开展中预伏着理应发展的根苗。只有懂得这一点，才能使作品真正具备缜密的风格。

在第二节，作者具体描绘了缜密诗风的特点，指出它应像水流花开般自然顺畅，清晨露水般融润无痕；篇中的主线愈是安排得绵邈悠远，细节的设计更要幽婉缜密。只有这样的作品才能不离自然之致，无迹可求，浑成一片，才真正称得上缜密。

最后论述如何掌握缜密的风格。"语不欲犯，思不欲痴"从反面提醒人们，要努力避免语句前后重复，思路死板呆滞的毛病。当然，这是作者对缜密的起码要求。"犹春于绿，明月雪时"则从正面设喻，提出了更高的标准，再一次强调缜密之风应像大自然本身那样细致、熨贴，正如春天之萌发新绿，明月与积雪相映。这种绵渺浑融的浑成之美，就是司空图对于缜密的理想。

王世贞《艺苑卮言》指出，长篇叙事诗应该像"纹锦千尺，丝理秩然"，白居易的名诗《琵琶行》就是这样。作者在诗篇的结构布局、经营位置时，匠心如缕，把内容十分复杂、头绪如此纷繁的事件剪裁、安排得秩序井然，详略得宜。诗中抒别情，记倡女，悲身世，叹迁谪，叙事与抒情结合得浑然一体，情节的展开既从容不迫，又曲折有致，更有出神入化的细节描写,情感交流的渲染生发,很能体现缜密诗风的特色。又如孟郊的《游子吟》[①],虽然只有短短六句,但是构思非常缜密。"慈母手中线,游子身上衣",作者从母亲手中的针线,写到游子身上的衣服,用生活中一个极其平常的细节,巧妙地沟通了慈母和游子的感情"临行密密缝,意恐迟迟归",既写出了慈母之爱,又写出了慈母之忧。母亲的感情心理表现得如此细腻熨贴,曲折动人,叙事和抒情结合得如此自然妥帖,融洽无间,充分体现了缜密诗风之美。再如杜甫的五律《春夜喜雨》:"好雨知时节,当春乃发生。随风潜入夜,润物细无声。野径云俱黑,江船火独明。晓看红湿处,花重锦官城。"结构布局缜密异常,作者先写好雨知时,继写随风润物,再写雨中夜色,最后补叙雨后情景,布局层次井然,结构环环紧扣,却又自然顺畅,浑融无迹,真有水流花开之妙。尤其是"随风潜入夜,润物细无声"一联,不仅写春雨出神入化,用来比喻缜密诗风也十分贴切。所以仇兆鳌评论说:"曰潜,曰细,写得脉脉绵绵,于造化生发之机,最为密切。"这首诗,可以启发我们领会缜密诗风的韵味,值得细细体会。

①孟郊诗《游子吟》:"慈母手中线,游子身上衣。临行密密缝,意恐迟迟归。谁言寸草心,报得三春晖。"

十五　疏　野

惟性所宅　真取弗羁
拾物自富　与率为期

筑屋松下　脱帽看诗
但知旦暮　不辨何时

倘然适意　岂必有为
若其天放　如是得之

【今译】

性之所至，自适自安，
兴之所向，无拘无绊。
物质上有一点便觉满足，
率真率性和我永远相伴。

松荫下筑一间小小茅屋，
脱了帽子独自吟诗消闲。
听任那日月往复交替，
不必问现在是何日何年。

假若我天天优游惬意，
又何必一定有所作为？
满足了天性的自由舒放，

如此就获得疏野真谛。

【注释】

〔惟性所宅,真取弗羁〕宅,安;惟性所宅是说一切都应合乎性情。真取,随心弃取;弗羁,不受拘束。

〔拾物自富,与率为期〕拾物,一作控物。自富,自己满足。这句与《自然》中“俯拾即是”意义相近。率,真率;期,期约。与率为期,以真率相期许,时时处处无不真率。

〔但知旦暮,不辨何时〕这两句竭力形容疏野之人不关心世事的生活态度。但知,只知;不辨,不去分辨。

〔倘然适意〕孙联奎《诗品臆说》认为:“倘”字当读作“徜徉”之“徜”。“徜”是悠游自得的样子。一说,倘然即为如若之意,亦通。

〔若其天放,如是得之〕若其,假若;天放,任天自在。《庄子·马蹄》:“一而不党,命曰天放。”天,自然。如是,如此;得之,获得疏野的真义。意思是这样才是真正的疏野。

【诠析】

疏野对矫饰而言,指质朴真率的艺术风格。在二十四诗品中,《疏野》与《自然》接近。《自然》提出“俯拾即是,不取诸邻”,疏野也主张“拾物自富,与率为期”,对诗歌取材和意境表达都强调“任情自然,绝去雕饰”。但是,《自然》的核心是“俱道适往”,以客观世界为主体;而疏野的要点是“惟性所宅”,以诗人的个性为主体。表现在具体创作中,《自然》力图按照客观本真去表现描写对象,而《疏野》则要求自由地抒写主观感受,这是两者的主要差别。

前面已经谈到,司空图非常重视作家世界观与作品风格之间的关系,因此,本品一开始就指明形成疏野之风的根本条件——疏野的

人生态度。这种态度的主要特点是真率,要求诗人不加掩饰地、无拘无束地表现自己的性情。从思想上说,这是道家的“性”对于儒家的“礼”的批判;从政治上说是士大夫中在野派对在朝派的不满,表现了对那种在虚伪礼教掩盖下的丑行的厌恶。接着作者描写了一个按照上述标准生活的隐士,写出了他的处世哲学和生活方式。这种不与世事、蔑视礼教的态度,也许是司空图自己“更应无事老烟霞”的隐逸生活的写照。最后,作者以老庄的“无为”和“天放”作结,进一步点明了形成疏野之风的思想基础。在司空图的思想中,既有儒家的因素,也有道家的影响。儒家主张“经世致用”;道家主张“清净无为”,司空图却努力把两者揉合起来,“倘然适意,岂必有为”,既然不能为世所用,那么只好在悠游自得中寻求解脱。这是古代士大夫在现实面前碰了钉子以后,常常采取的态度。从这一点讲,《疏野》又与《旷达》相通。不过,《旷达》慨叹人生短促,以及时行乐来排解内心的积愤,带有比较浓厚的虚无主义色彩;而《疏野》则鼓吹从适意率性之中获得内心的满足。两者都在寻求解脱,具体方法却有不同。

作为一种艺术风格,《疏野》的主要特点是追求自然真率的诗美。这就要求诗人“惟性所宅”,充分地表现自己的个性;“真取弗羁”,自由地抒发感情;“与率为期”,反对任何矫情作假。这种理论导源于老庄崇尚自然的美学思想,是魏晋时代以嵇康、阮籍为代表的逃避政治现实、反对名教桎梏的思潮的遗响。司空图这种观点,在明清时代公安、性灵派的诗歌理论中,得到了更加完整的说明。

《疏野》并不是粗疏浅陋,而是质朴真率。正如清徐增《而庵诗话》所说:“古诗贵质朴,质朴则情真。”“诗到极则,不过是抒写自己胸襟。”正是在这个意义上,杜甫曾经赞扬那种“性情真”的诗篇,而清代刘熙载《艺概》也指出:“野乃诗之美也。”在唐代后期,文学艺术中的形式主义倾向日渐抬头,片面追求声律、华藻的风气很盛。司空图标举《疏野》的诗美,赞颂自然真率的诗风,是有针对性的。

《诗人玉屑》引陈柔之《休斋诗话》说："人之为诗要有野意……风人以来，得野意者惟陶渊明耳。"陶渊明某些诗篇，以自然质朴的语言，直写心中感受，的确具有疏野之美。但是陶诗既有自然真率的一面，又有冲淡醇厚的一面。施补华《岘佣说诗》说："后人学陶，以韦公为最深。东坡与陶气质不类，故集中和陶诸作，真率处似之，冲淡处不及也。"元好问《论诗绝句》也说"一语天然万古新，豪华落尽见真淳"，都指出了陶渊明诗歌风格的这种特色。辨清这一点，也有助于了解《疏野》与《冲淡》的关系。

清翁方纲《石洲诗话》说："王无功以真率疏浅之格，入初唐诸家中，如鸾凤群飞，忽逢野鹿。"王绩是唐初的著名诗人，他的某些作品如《田家三首》[①]等，写得自然真率，确实具有疏野之风。在唐初六朝华艳馀风泛滥之时，这种诗风使入耳目一新。王维、储光羲某些写幽居情趣和乡村风光的诗篇，自然质朴，往往也具有疏野之致。杜甫是格律精严的大家，沉郁顿挫，是他诗风的主要特色。但是，他也写过一些充满疏野之趣的作品。例如《客至》[②]、《江村》[③]等篇，以质直的语言，写村居的乐趣，呈现出完全不同的疏野风貌。

①王绩诗《田家三首》："阮籍生涯懒，嵇康意气疏。相逢一醉饱，独坐数行书。小池聊养鹤，闲田且牧猪。草生元亮径，花暗子云居。倚床看妇织，登垅课儿锄。回头寻仙事，并是一空虚。"

"家住箕山下，门枕颍川滨。不知今有汉，唯言昔避秦。琴伴前庭月，酒劝后园春。自得中林士，何忝上皇人。"

"平生唯酒乐，作性不能无。朝朝访乡里，夜夜遣人酤。家贫留客久，不暇道精粗。抽帘持益炬，拔箦更燃炉。恒闻饮不足，何见有残壶。"

②杜甫诗《客至》："舍南舍北皆春水，但见群鸥日日来。花径不曾缘客扫，蓬门今始为君开。盘飧市远无兼味，樽酒家贫只旧醅。肯

与邻翁相对饮，隔篱呼取尽馀杯。”

⑧杜甫诗《江村》：“清江一曲抱村流，长夏江村事事幽。自去自来梁上燕，相亲相近水中鸥。老妻画纸为棋局，稚子敲针作钓钩。多病所需唯药物，微躯此外更何求。”

十六　清　奇

娟娟群松　下有漪流
晴雪满汀　隔溪渔舟

可人如玉　步屧寻幽
载行载止　空碧悠悠

神出古异　淡不可收
如月之曙　如气之秋

【今译】

娟秀的群松葱葱，
下面有清漪的水流。
阳光辉耀着满汀积雪，
隔溪徜徉着一叶渔舟。

清逸的高士明秀如玉，
策杖漫步去访曲寻幽。
他悠闲地时行时止，
空山里一片清碧悠悠。

潇洒的神气有古贤遗风，
冲淡的气韵却无从捉摸。
就像新月的明净皎洁，

又像秋气的高爽清穆。

【注释】

〔娟娟群松，下有漪流〕娟娟，秀美的样子。杜甫诗《竹》："雨洗娟娟净，风吹细细香。"漪流，微波闪烁的溪流。

〔晴雪满汀〕汀，水边平地。此句又作"晴雪满竹"，亦通。

〔可人如玉，步屧寻幽〕可人，合意之人。陈师道《绝句》诗："书当快意读易尽，客有可人期不来。"如玉，形容风度秀美。《晋书·卫瓘传》："卫玠……风神秀异，总角乘羊车入市，见者皆以为玉人。"屧（xiè），古代一种木屐，底部有齿。步屧，穿着木屐走路，也可泛指漫步。《宋书·谢灵运传》："（灵运）常著木屐，上山则去前齿，下山去其后齿。"寻幽，探寻幽胜之境。

〔载行载止，空碧悠悠〕载，语助词，无实义。空碧悠悠，形容山色苍润，一碧无际。

〔神出古异，淡不可收〕神，精神；出，显露；古异，远古异风。淡，清淡的气韵；收，把握。

〔如月之曙，如气之秋〕这两句是倒装句，即如曙之月，如秋之气。意谓如晓月之清淡，如秋气之清澄。

【诠析】

清奇是清秀脱俗的艺术风格。孙联奎《诗品臆说》指出"清对俗浊言，奇对平庸言"，大体上说明了这种风格的特点。司空图这里所说的"奇"，主要是指诗风的不同凡俗，而不是刘勰《文心雕龙·体性篇》所批评的"危仄趋诡"的标新立异。就风格的分类而言，清奇属于清淡之美，与属于秾丽之美的纤秾、绮丽异趣，这是很明显的。然而，即使在同属清淡之美的风格品类中，清奇既不同于冲淡的平和淡远，也有别于自然的悠然自得。司空图能够在同一类风格中进一步辨析它们微妙的差别，显示出精致的艺术审美能力。他自己在《杏花诗》中得意地说“侬家自有麒麟阁，第一功名是赏诗”，并不是没有根据的。

从“摹神取象”的角度看，清奇是二十四诗品中写得最成功的几品之一。作者以诗意浓郁的语言、色彩鲜明的笔墨为我们描绘了这样一幅美景：满山坡的松枝在微风中鸣和摇曳，山脚下是一道跳珠溅玉的溪涧，涧水在阳光中明灭曲折，泻入积雪满汀的深碧溪流。蓝天，绿树，白雪，清溪，这些色调明丽，对比强烈的自然景物，竟如此谐和地组合在一起，清亮明爽，豁人耳目，不由人不超尘绝虑地流连瞩目。再把目光投向远处，——隔溪还停泊着一叶渔舟。这时画面上又出现了一个寻幽探胜的隐者，他丰神高洁，意态悠闲，几乎与山水的空明碧净融成一片，而其气韵的清淡就像月色的澄明和秋气的爽洁。就这样，作者的诗句像一组精心安排的镜头，自上而下，由近及远，从静到动，以动寓静，最后归结到渺远的虚无。在这里，司空图完全抛开了那些可能会妨碍诗意表达的议论和说明，充分发挥抒情诗人的特长，通过自己描绘的自然美景，把清奇之风的特征和韵味表现得如此鲜明生动，淋漓尽致。即使用“不著一字，尽得风流”来赞美也不算过分。

与《高古》和《飘逸》不同，《清奇》所描绘的是现实的人间美景，而不是虚无缥渺的神仙世界。虽然由于有一个“神出古异”的“可人”在徘徊，使画面蒙上了一层淡淡的玄秘薄纱，但是，作者所强调的并不是超玄之态，出世之致，而是一种秀朗如玉的风神，清淡如月的气韵，竭力从清秀与和淡的融合之中展示清奇诗风的面貌。因此，毕竟有别于《高古》中“杳然空踪”的“畸人”、《飘逸》中“泛彼无根”的“高人”。就整个诗风而言，还是健康明朗的。

《清奇》虽然成功地摹写了一种风格的面貌，但对形成这种风格的原因,掌握它的方法却不置一词。全篇只停留于描写性的表述而缺乏理论的概括,这就增加了读者理解和把握的困难。这的确也是《诗品》本身存在的一个缺点。清代的著名诗人袁枚曾经指出:“余爱司空表圣《诗品》,而惜其只标妙境,未写苦心。”为了补弊纠偏,袁枚自己撰写了《续诗品》三十二则。《续诗品》虽然记录了作诗的“苦心”,其中确实总结了不少有价值的创作经验,然而司空图《诗品》所独具的浓郁的诗情画意,不幸也索然以尽了。这也许是以诗论诗这种艺术形式本身容易产生的矛盾吧。

清奇诗风的形成有一个历史过程,南朝著名诗人谢朓是这一过程中的重要人物。李白在《宣州谢朓楼饯别校书叔云》诗中说:“蓬莱文章建安骨,中间小谢又清发。”施补华《岘佣说诗》也指出:“谢玄晖名句络绎,清丽居宗。”在“味之必厌”的轻靡华艳之风弥漫文坛,“淡乎寡味”的玄言诗歌流风未息的时代,谢朓那种清新秀丽的山水诗的出现,具有转变时代风气的特殊意义,因而得到李白的高度评价。当然,任何优秀的诗人都不可能完全超越自己的时代,谢朓的诗篇毕竟未能脱尽六朝之习,在清秀中仍带绮丽之态。

直到盛唐,李白、王维、孟浩然的某些风景诗,才充分地体现出清奇诗风的特色。尤其是王维的山水诗,如《山居秋暝》[①]等作,清秀中又掺入了恬淡之风,最符合司空图清奇的本意。至于孟浩然和柳宗元的诗篇,例如《澄江孤屿赠白云先生》[②]、《江雪》[③]等,前者清逸而缺乏和淡之气,后者清旷而太多幽寂之致,与司空图清奇之风的要求,似乎也都距离。

①王维诗《山居秋暝》:“空山新雨后,天气晚来秋。明月松间照,清泉石上流。竹喧归浣女,莲动下渔舟。随意春芳歇,王孙自可留。”

②孟浩然诗《登江中孤屿赠白云先生》:“悠悠清江水,水落沙屿出。回潭石下深,绿筱岸傍密。鲛人潜不见,渔父歌自逸。忆与君别时,泛舟如昨日。夕阳开晚照,中坐兴非一。南望鹿门山,归来恨相失。”

③柳宗元诗《江雪》:“千山鸟飞绝,万径人踪灭。孤舟蓑笠翁。独钓寒江雪。”

十七　委　曲

登彼太行　翠绕羊肠
杳霭流玉　悠悠花香

力之于时　声之于羌
似往已回　如幽匪藏

水理漩洑　鹏风翱翔
道不自器　与之圆方

【今译】

你登上那峨峨的太行，
林中小路就像曲曲羊肠。
峡谷中有明灭闪动的泉流，
远处还飘来阵阵花香。

像引弓者审时而放，
像好歌手沉吟欲唱。
运笔时要留意未纵先收，
脉络须幽曲，却不是隐藏。

像激湍中回环的漩涡，
像大鹏乘旋风扶摇而上。
“大道”原没有固定形式，

全随着需要或圆或方。

【注释】

〔登彼太行，翠绕羊肠〕曹操《苦寒行》："北上太行山，艰哉何巍巍！羊肠坂诘屈，车轮为之摧。"羊肠，羊肠小路；翠绕，在苍翠的林木中回环曲折地盘绕。

〔杳霭流玉，悠悠花香〕杳霭，幽曲深远而水气上升的样子。流玉，流水，以玉比喻流水的明澈晶莹。柳宗元《酬曹侍御过象县见寄诗》："破额山前碧玉流。"悠悠花香，此句似化用唐刘眘虚《阙题》诗意："道由白云尽，春与青溪长。时有落花至，远随流水香。"

〔力之于时，声之于羌〕杨廷芝《诗品浅解》："凡我之所得举皆曰力。时，用之时也。言力之于其用时，轻重低昂，无不因其时之宜然。"杨的解，主要解作文之道，但没有回答今天读者心中的两个疑问。第一，为什么司空图那么别扭地把"力"与"时"连缀起来设喻？第二，为什么"力"和"时"组合起来可以表"委曲"的创作之道？

《史记·苏秦列传》："天下之强弓劲弩皆从韩出，谿子、少府时力、距来者，皆射六百步。"裴骃《集解》："韩有谿子弩，又有少府所造二种之弩。案：时力者，谓作之得时，力倍于常，故名时力也。""时力"是一种良弓名，出于韩国"少府"这个专门的制造机关。

前面第一个疑问，何以"力、时"两字连缀，至此可以明白。但为什么"力之于时"可以喻委曲之道，或以状委曲之貌呢？

"力"这个字，含意比较明确，问题可能出在"时"上。

《论语·乡党》："色斯举矣，翔而后集，(夫子)曰：'山梁雌雉，时哉！时哉！'子路共之，三嗅而作。"钱穆是这样译的："只见人们有少许颜色不善，便一举身飞了，在空中回翔再四，瞻视详审，才再飞下安集。先生说：'不见山梁上那雌雉吗？它懂得时宜呀！懂得时宜呀！'子路听了，起敬拱手，那雌雉转睛三惊视，张翅飞去了。"(《论语新解》）这是“时”的用法一例。我们把《史记》和《论语》两例对照着读，“时”原来是审时度势之意，只要是因时而产生的一切行为，都可简称为“时”。这是古人把名词转申为动词、副词的惯例。《论语》中的“时”，是描述雌雉看到人们神色有异而采取了审时度势之举，《史记》中的“时”，合乎不同时令之意。放在《诗品·委曲》中，“力之于时”，其大致意思就是：你要致力经营作品的委曲，那就只有视当时当地的时空状况而“时”之吧。这样来解释，和《委曲》篇中接下去出现的“道不自器，与之圆方”，文意或许比较一致。

羌，楚人发语词，无实义。《离骚》：“羌内恕己以量人兮，各兴心而嫉妒。”这里作实词用。“力之于时，声之于羌。”拉弓之目的是向前射去，其动作却是先把弦和箭向后拉，“似往已回”；唱歌时歌者要引吭高歌，却先屏息于前，暂不作声。这种暂时的回缩和收敛，都是写作中运用的造成委曲风格的方法。

〔如幽匪藏〕幽，幽曲；藏，隐藏，指故作隐晦。作者认为脉络应该幽曲，但不能隐晦。

〔水理漩洑，鹏风翱翔〕水理，水的波纹，指水流；漩洑（xuàn fú），回旋起伏。鹏风，旋风。《庄子·逍遥游》：“鹏之徙于南冥也，水击三千里，抟扶摇而上者九万里。”

〔道不自器，与之圆方〕道和器是古代哲学的一对概念。《易·系辞上》：“形而上者谓之道，形而下者谓之器。”道是指超乎形体之外的某种抽象的本质，而器则是指有形的具体事物，是道的具体表现。所以老子说：“朴散则为器。”司空图借用这两个概念，强调说明文脉的委曲不应有死板的形式。不自器，是说不用固定不变的形式来拘限自己。与之圆方，陆机《文赋》：“虽离方而遁圆，期穷形而尽相。”意思都是说，不能拘于一种形式，应圆则圆，应方则方，要随物赋形，不拘一格。

【诠析】

委曲对平直而言,是指委婉曲折的艺术风格。本章着重讲文章结构,与《缜密》属于同一品类。但缜密从布局的角度讲,主要指横向的面上的各种内容的相互位置;委曲则从线索、脉络的角度讲,主要指纵向的情节发展过程中线索的经营安排,两者各有不同的侧重点。

这一章的前十句,全用形象的比喻描摹委曲风格的状貌。作者告诉我们,委曲之风应如太行山万绿丛中羊肠小径的逶迤曲折,应如幽曲泉流的隐现明灭,萦纡往复,应如悠悠花香的无微不至,无远不达。作者接着指出,委曲之风必须有顿挫,有波折。这种顿挫和波折是一种欲扬先抑的方法,目的是为了蓄势,而不是方苞所批评的"力疲而委顿"。正像挽弓之际须审时而发,高歌之前应蓄势凝神。只有这样才能把箭射得更远,歌唱得更响。正是这种顿挫和波折才更加显出文章的委婉曲折。"似往已回,如幽匪藏",两句是说委曲风格的作品,脉络应该回环曲折,欲露还藏,像清人沈德潜所说的"铺叙中有峰峦起伏","莽莽苍苍之中,自有灰线蛇踪,蛛丝马迹,使人眩其奇变"。当然,这种回环吞吐目的是使文章富于变化和蕴蓄之美,避免那种呆、直、浅、露,一览无馀的弊病,而不是有意把文章写得隐晦曲折。明李东阳《麓堂诗话》说:"长篇中须有节奏,有操有纵,有正有变",又说:"苏子瞻才甚高,独其诗伤于快直,少委曲沉著之意。"指的也是这个问题。总之,它的特点是"幽"而不是"藏",是"曲"而不是"隐"。

前面已经说过,崇尚自然是司空图基本的美学思想之一,这种思想同样也贯穿在本品之中。因此,作者强调说,委曲之风的基本原则是合乎自然之道,离开这一点而勉强地追求某种曲折的表达方式,不可能达到真正的委曲。试看那江河中回环起伏的水流,乘旋风盘旋于高空的大鹏,它们都是"顺乎自然,因乎本性"的造化的杰作,并不是外力强致使然。正因为这样，最后便自然得出“道不自器，与之圆方”的结论。司空图认为，“道”是既定的，客观的，但是，其表现形式则允许多种多样，不拘一格。委曲的风格没有，也不应该有固定的程式，它总是随着内容的差异而表现为不同的形式。沈德潜在《说诗晬语》中说“《易》云，风行水上，涣，乃天下之大文也。起伏顿挫之中，尽抑扬反复之义，行于所当行，止乎所当止，一波一澜，各有自然之妙，不为法转，亦不为法缚”，也是指此而言。

我国古代诗人非常重视诗歌艺术这种委曲的风致。在创作中，既要求造意的委曲，又要求章法、句法的委曲，即所谓“无笔不曲”。陆时雍《诗镜总论》说：“老杜‘绿樽须尽日，白发好禁春’，一语意经几折。本是惜春，却缘白发拘束怀抱，不能舒散，乃知少年之意气犹存，而老去之愁怀莫展，所以对酒而自伤也。”在一句诗中这样曲折地表达自己的思想感情，给读者提供了宽阔的想象寻味的馀地，增加了诗句的艺术魅力。清人施补华《岘佣说诗》以杜甫诗《月夜》[1]为例，分析委曲的风格特点说：“诗犹文也，忌直贵曲。少陵‘今夜鄜州月，闺中只独看’，是身在长安，忆其妻在鄜州看月也。下云，‘遥怜小儿女，未解忆长安’，用傍衬之笔，儿女不解忆，则解忆者独其妻矣。‘香雾云鬟’，‘清辉玉臂’，又从对面写，由长安遥想其妻在鄜州看月光景。收处作期望之词，恰好去路，‘双照’紧对‘独看’，可谓无笔不曲。”又如贾岛的七绝《渡桑干》：“客舍并州已十霜，归心日夜忆咸阳。无端更渡桑干水，却望并州是故乡。”就主题来说，不过是抒发了一般的思乡之情，并没有特别深刻的含义。但明王世懋《艺圃撷馀》指出：“此岛自思乡之作，何曾与并州有情？其意恨久客并州，远隔故乡，今非惟不能归，反北渡桑乾，还望并州又是故乡矣。并州且不得住，何况得归咸阳乎？”作者通过委曲的章法，把这种普通的乡思，表现得如此跌宕起伏，曲折动人，因而使这首小诗成为众口传诵的名篇。

①杜甫诗《月夜》:“今夜鄜州月,闺中只独看。遥怜小儿女,未解忆长安。香雾云鬟湿,清辉玉臂寒。何时倚虚幌,双照泪痕干。”

十八　实　境

取语甚直　计思匪深
忽逢幽人　如见道心

晴涧之曲　碧松之阴
一客荷樵　一客听琴

情性所至　妙不自寻
遇之自天　泠然希音

【今译】

使用的词语都很质直，
谋篇和布局也不必幽深。
蓦地遇见了隐逸高人，
为我指点出艺术灵境。

你看阳光里的溪涧曲处，
松树覆下了满地浓阴。
樵夫肩挑着薪柴走过，
幽人对远岫抚琴自听。

满怀真情才能体悟诗境，
那妙处就在不勉强搜寻。
灵感的触发犹如天成，

泠泠然就象希世之音。

【注释】

〔取语甚直,计思匪深〕取语,使用语言,直,自然质朴。计思,构思;匪深,不深曲。

〔忽逢幽人,如见道心〕幽人,幽居之人,即隐士。孟浩然《上巳日诗》:“采艾值幽人。”见道心,理解了道。唐李端《寄庐山真上人诗》:“月明潭色澄空性,夜静猿声证道心。”在这里道心喻指一种灵感现象。

〔情性所至,妙不自寻〕即《自然》中说的“薄言情晤,悠悠天钧”。全句的意思是说,诗境要凭真情体晤,情性所至,诗境自来,其妙处就在不勉强去寻找。明谢榛《四溟诗话》说:“诗有天机,待时而发,触物自成,虽幽寻苦索,不易得也。所谓‘尽日觅不得,有时还自来’。”意近之。

〔遇之自天,泠然希音〕“遇之自天”就是《精神》中说的“妙造自然”,天即自然。泠然,形容声音清越。陆机《文赋》:“音泠泠而盈耳。”希音,指最微妙的声音。《老子》:“大音希声,大象无形。”

【诠析】

实境指自然质直、情意真率的艺术风格。从这个意义上说,实境与自然、疏野接近。但自然着眼于表现方法,要求“俱道适往”,强调符合客观;疏野则着眼于感情表达,要求“惟性所宅”,强调自由地抒发主观感受。而实境着重讲如何获得诗境,要求“如见道心”,强调灵感的触发,情景的交融。这是它们的主要差异。

作者首先指出,“取语甚直,计思匪深”,是这种诗风的主要特点。正如明陆时雍《诗境总论》说的那样,“古人所谓眼前景致,口头语言,便是诗家材料”。司空图所说的实境,就是主张用质直的口头语言,写“匪深”的眼前景致;不假借典故华藻表达思想感情,不依靠苦思冥搜获取诗境。那么,究竟应该通过什么途径获得诗境呢?作者设喻说,就好像忽然遇见了一位隐逸高人,他启示你领悟了大道之心。道心一词在这里借指那种突然领悟美妙诗境的能力,近似禅宗所说的“顿悟”。对艺术创作中这种复杂的灵感触发的精神现象,我国古代许多文艺批评家早已经注意到了,但是没有能够给予正确的解释。司空图用“情晤”、“情性所至”来说明这种过程,指出灵感触发的条件不仅要有主观的“情”,而且要有客观的“景”(“境”),只有两者的交融触发才能“晤”。这种说法比单纯讲“吟咏情性”前进了一大步。宋代严羽的“妙悟”说,除了接受佛教理论的影响之外,似乎也从这里得到了启示。

中间四句,“晴涧之曲,碧松之荫。一客荷樵,一客听琴”。作者仿佛随手掇拾实境的诗例,实际上是经过细心挑选的。孙联奎《诗品臆说》评论这四句说:“实况实境,真堪入画。”司空图自己过着隐居生活,这种意境确实是常见的“眼前景”,相当充分地表现了士大夫幽居的情趣,——“心头事”,语言质朴自然,写景全用白描,是实境诗风的典型范本。四句句子,前两句一句一景,后两句一句一人。文字简洁,没有任何绘景叙事的比喻词、形容词,也没有添加感叹词、赞美词,甚至也没有安置景与景之间,景与人之间,人与人之间的关系词,干净得如同一颗一颗光洁的石子,一个一个独立的音符。然而由于精心选择了有互补意义的景物人事,故四句之间,自有相互铺垫映衬、烘托之作用。诗人观察良久,恰恰在这四美俱并的一霎那,如实地记录了下来,也就成了绝佳诗作。

最后论述掌握实境风格的方法。作者在开头说过,忽然有了悟道之心,到底靠什么去悟呢?在这里则作了具体交代:“情性所至,妙不自寻。”这与自然中说的“薄言情晤,悠悠天钧”意思非常相似。

所谓“情性所至”，也就是“情晤”。我们在自然中已经讲过，“情晤”是指诗人在体察自然过程中主观感情与客观景物的自然融合，这是抒情诗人反映现实的一种独特方式。在司空图之前，不少人谈到过这个问题。例如沈约在《宋书·谢灵运传论》就说过：“至于高言妙句，音韵天成，皆暗与理合，匪由思至。”刘勰也曾指出：“篇章秀句，裁可百二，并思合而自逢，非研虑之所求。”但是，前人在探讨这个问题时，从“诗言志”的立场出发，多着眼于诗人主观方面，往往只强调天赋才能。而司空图在《与王驾评诗书》中指出：“思与境偕，乃诗家之所尚。”他从情与景相统一的角度，强调以情晤境，情景交融，这就兼及了主观和客观两个方面。在这个基础上，他又进一步提出了“韵外之致”的美学理想。当然司空图也没有能够对“情晤”这种灵感触发的现象做出正确的说明，因而只好再一次求助于道家哲学，用“遇之自天，泠然希音”这种神秘主义的装饰，掩盖理论上的孱弱无力。

司空图标举的实境，与钟嵘《诗品》所赞美的“即目”和“直寻”相近。钟嵘说过：“至乎吟咏情性，亦何贵于用事，‘思君如流水’；既是即目；‘高台多悲风’，亦惟所见；‘清晨登陇首’，羌无故实；‘明月照积雪’，讵出经史？观古今胜语，多非补假，皆由直寻。”不同的是，钟嵘从反对当时形式主义诗风出发，认为吟咏情性是抒情诗的主要特点，赞美那些不用典故、直抒胸臆的“即目”、“直寻”之作是最好的抒情诗。司空图虽然也同意抒情诗必须吟咏情性，但是并不满足于这一点。他从“韵外之致”的美学理想出发，虽然说“题纪之作，目击可图，体势自别，不可废也”[①]，承认实境也是诗美的一种，有它存在的价值，但是又认为这种作品“诚非平生所得者”，算不得第一流的好作品。只有那种具有“象外之象”、“景外之景”的诗歌，才是诗美的极致，才是他追求的理想诗歌境界。这一点，是司空图的独特贡献。王维诗《蓝田山石门精舍》[②]，或可为实境诗风的代表。

①司空图《与极浦谈诗书》中所讲的这种作品，就是具有实境之风的诗歌。他自己曾举《虞乡县楼》及《柏梯》两诗为例。前诗已佚，《柏梯》疑即为《上柏梯寺怀旧僧二首》，现引全文如下："云根禅客居，皆说旧吾庐。松日明金像，山风响木鱼。依栖应不阻，名利本来疏。纵有人相问，林间懒拆书。""高鸦隔谷见，路转寺西门。塔影荫泉脉，山苗侵烧痕。钟疏含杳霭，阁迥亘黄昏。更待他僧到，长如前信存。"

又司空图诗《独望》："绿树连村暗，黄花入麦稀。远陂春早渗，犹有水禽飞。"亦可为实境之诗例。

②王维诗《蓝田山石门精舍》："落日山水好，漾舟信归风。探奇不觉远，因以缘源穷。遥爱云木秀，初疑路不同。安知清流转，偶与前山通？舍舟理轻策，果然惬所适。老僧四五人，逍遥荫松柏。朝梵林未曙，夜禅山更寂。道心及牧童，世事问樵客。暝宿长林下，焚香卧瑶席。涧芳袭人衣，山月映石壁。再寻畏迷误，明发更登历。笑谢桃源人，花红复来觌。"

十九　悲　慨

大风卷水　林木为摧
意苦若死　招憩不来

百岁如流　富贵冷灰
大道日往　若为雄才

壮士拂剑　浩然弥哀
萧萧落叶　漏雨苍苔

【今译】

大风卷起了连天浊浪，
漫山的林木都被摧残。
心灵陷入了深深的绝望，
巨大的悲哀无法排遣。

岁月悠悠像流水般逝去，
富贵荣华转眼便成冷灰。
世道衰微，理想日远，
当今又何用志士雄才？

壮士慷慨地拂拭宝剑，
浩歌中响彻了无穷悲哀。
落叶萧萧，飘零满地，

秋雨滴沥，冷洒苍苔。

【注释】

〔大风卷水，林木为摧〕卷水，卷起波浪；为摧，被折断。

〔意苦若死，招憩不来〕意苦，心情痛苦；若死，比喻痛苦到了极点。意苦若死又作“适苦欲死”，亦通。招憩，招，招引；憩，休息。招憩不来，寻求内心的慰藉而不得，亦即痛苦无法排遣之意。

〔富贵冷灰〕富贵荣华很快变成灰烬。

〔大道日往，若为雄才〕大道，指理想的政治。《礼记・礼运》：“大道之行也，天下为公。”日往，越离越远。日往，又作“日丧”，亦通。若为，奈何，如何。若为雄才，意思是雄才有何用。

〔壮士拂剑，浩然弥哀〕壮士，即上句所说的“雄才”。浩然，广大的样子；弥哀，更加悲哀。杜甫《自京赴奉先咏怀》：“浩歌弥激烈。”

〔萧萧落叶，漏雨苍苔〕杜甫诗《登高》：“无边落木萧萧下。”何逊诗《临行与故游夜别》：“夜雨滴空阶。”这两句景中见情，渲染气氛，深化主题。

【诠析】

悲慨是指悲壮慷慨的艺术风格，这种诗风的形成有着深刻的社会原因。在漫长的封建社会中，美好理想和黑暗现实之间的矛盾，正直光明与奸邪丑恶之间的矛盾，不仅始终交织着，斗争着，而且往往以前者的失败，后者的暂时胜利而告一段落。“变白以为黑兮，倒上以为下，凤凰在笯兮，鸡鹜翔舞”，两千多年前屈原愤怒揭露的这种反常现象，不仅“无代无之”，而且愈演愈烈。正因为如此，所以“发愤以抒情”成了我国古代诗歌的优良传统。从屈原、曹操、阮籍、左思、陶渊明、鲍照一直到唐代的李白、杜甫，悲歌慷慨的音调，始终是他们作品的重要风格之一。这种情况，即使在呈现一片表面繁荣的唐王朝初期,也难以避免。诗文革新运动的先驱陈子昂,由于仗义直言,“言甚切至”,政治上一再碰壁,终于唱出了“前不见古人,后不见来者,念天地之悠悠,独怆然而涕下”的悲凉之歌,而“笔落惊风雨,诗成泣鬼神”的李白,也因为触忤权贵,被“赐金放还”,不禁发出了“大道如青天,我独不得出”的悲叹①。尤其到了安史之乱以后,民族矛盾和阶级矛盾日益尖锐,统治集团的昏庸腐朽暴露无遗,社会黑暗,政治腐败,这种现实曾激发过无数诗人的悲愤之情和慷慨之思,写出了许多脍炙人口的优秀诗篇。司空图把悲慨列为一品,就是反映唐代诗坛这种实际状况。

从个人原因说,司空图虽然过着隐逸生活,但心情并不平静。他早年是大有经国济时之志的人,晚岁迫于政治形势而退隐山林,完全是出于不得已。他在《题山赋》中说“窘世路之榛榛兮,匪兹焉而焉托”,正是这种矛盾心情的写照。他的诗“多诡激啸傲之辞”,常带抑塞不平之气。“身病时亦危,逢秋多恸哭。风波一浩荡,天地几翻复”,哪里像一个真正超然物外、与世无争的隐士的口吻呢?因而悲慨这一品,也是司空图自己悲愤不平心情的反映。

《悲慨》一章,境界宏阔,诗思悲深,兼有沉郁悲痛和慷慨激昂两种风格。在《二十四诗品》中,像《悲慨》这样全篇运用艺术形象来呈现诗歌风格特征的有五篇,都写得相当成功,形象饱满,诗意盎然,这也是《二十四诗品》为读者喜爱的原因之一。在本品中,那个有才难展的壮士,一面拂拭着宝剑,一面慷慨悲歌,不仅深深感动了读者,而且也提示我们,这就是悲慨的风格。最后两句,再以风景描写渲染烘托,照应开头,言尽而意馀。在这里有两点值得注意,其一:我们知道,司空图的诗美理想是平淡冲和之美,在《二十四诗品》中,大部分都是对这类诗风的赞美,即使纤秾、绮丽等属于华美的诗风,雄浑、劲健等属于壮美的诗风,大体上都没有完全越出他诗美理想的范畴。但悲慨却与此大异其趣,它几乎完全偏离了自己理想的诗美范畴。

其二,悲慨固然也是司空图对唐代一类诗风的概括,但更是身处唐末乱世的诗人悲愤心情的写照。前面已经提到,司空图晚年虽然是隐居于中条山王官谷中的一位隐士,《二十四诗品》中也处处流露出道家的遗世之情,但实际上他和封建时代绝大多数士人一样,内心充满着强烈的济世之愿,他早年不但中过进士,并且被朝廷召拜为礼部郎中。然而面对唐末政治黑暗、宦官专权、军阀割据、黄巢战乱的社会局面,他只能遵循先圣的教导,选择"独善其身"的道路。这种选择乃是被动的无奈之举。他也并不是没有入仕的机会,军阀王重荣、朱全忠都十分欣赏他的才能,多次召他为官,后者在篡位后还请他出任礼部尚书,但是都被他拒绝了。从此也可看出,司空图其实是一位真诚践行儒家思想的节义之士,是非分明,道德高尚,行事有明确的底线。他虽然选择了隐居避世的人生之路,但是隐居生活并不能平抑他内心的悲慨之情。《悲慨》一品,正是他这种心情的写照。

①"前不见古人,后不见来者,念天地之悠悠,独怆然而涕下。"系陈子昂《登幽州台》诗。"笔落惊风雨,诗成泣鬼神。"见杜甫诗《寄李十二白二十韵》。"大道如青天,我独不得出。"见李白诗《行路难》。

②"抽刀断水水还流,举杯消愁愁更愁。"见李白诗《宣州谢朓楼饯别校书叔云》。"城上高楼接大荒,海天愁思正茫茫。"见柳宗元诗《登柳州城楼寄漳汀封连四州刺史》。

二十　形　容

绝伫灵素　少回清真
如觅水影　如写阳春

风云变态　花草精神
海之波澜　山之嶙峋

俱似大道　妙契同尘
离形得似　庶几斯人

【今译】

静静地凝神绝虑，
细细地体会物理精微。
就像去捉摸水中的光影，
好像要描绘阳春的芳菲。

博大如天地风云的变幻，
生动如花树草木的精神。
壮阔如波澜浩渺的大海，
雄奇如千岩万壑的嶙峋。

体悟了融贯万物的大道，
笔下的描绘自能精微入神。
不拘于外形而肖得神似，

这才是善于形容的诗人。

【注释】

〔绝伫灵素,少回清真〕绝伫灵素与《高古》“虚伫神素”意义相近。灵素、神素都是指精神。江淹《伤友人赋》:“倜傥远度,寂寥灵素。”绝伫灵素是指精神高度集中。少,稍顷,稍许;回,返回,引申为呈现之意;清真,指客观事物的精神本质。

〔如觅水影,如写阳春〕水影、阳春都是难以把握,不易描摹的客观对象,而善于形容者却能够表现它们的特征。

〔风云变幻〕四句是说,风云的特点是变幻无常,花草的特点是充满生机,大海的特点是波澜壮阔,高山的特点是岩石嶙峋。诗人如能把握和表现这些,就算善于形容。

〔俱似大道,妙契同尘〕大道,指自然。妙契,精妙的契合;同尘,这里指浑然一体,不露痕迹。《老子》:“和其光,同其尘,湛兮似或存。”这句说明形容的极致。

〔离形得似,庶几斯人〕形,外形;似,指神似。全句的意思是:不拘于表面相似——形似,才能够达到真正的似——神似。庶几,差不多;斯人,此人,指善于形容的人。

【诠析】

在二十四诗品中,形容是专门讨论表现技巧的。对于诗人如何才能正确把握和充分表现客观对象的问题,历来就有“写形”和“写神”的争议。司空图反对单纯追求形似,反对“极貌以穷形”,强调表现事物内涵的精神。这是作者重要的美学观点之一。这种理论滥觞于先秦,形成于六朝,经过杜甫、司空图的提倡,在宋以后的诗歌理论和绘画理论中,得到更普遍、更充分的阐述,日益广泛地被人们所接受,从而成为我国古典艺术理论传统的特色之一。

作者一开头就指出,客观对象的精神,就像水中的光影,阳春的芳菲,虽属虚空,却又可以感知;尽管不易把握,但并非不能把握。只要你高度集中思想——“绝伫灵素”,就像陆机所说的澄心凝思,“收视反听”,刘勰所说的“疏瀹五脏,澡雪精神”,自能逐渐把握客观事物的内涵和实质,恰当地表现它们形和神的特征。

接着,作者以各种常见的自然景物为例子,说明怎样才算表现了客观对象的形和神。他指出,天地风云的特点是变化无常,花草树木的特点是生机蓬勃,浩瀚大海的特点是波澜壮阔,重山叠岭的特点是岩石嶙峋。诗人如果充分把握这些特征,就完美的完成了描绘对象的任务。由此可见,司空图并没有如某些人所批评的那样,简单地主张脱离“形”去表现“神”,而是提出了这样一种见解:要表现对象的“神”,不能只摹写对象的外形轮廓和细节,而要努力抓住对象总体上为观察者感受最深的那些特征。

最后一节论述“形容”的方法,讨论如何才能充分表现客观对象的精神本质。司空图提出了两条原则——“俱似大道”和“离形得似”,在这里,“大道”是“自然”的同义语。“俱似大道”强调形容要以自然为基础,以符合自然为原则。叶梦得《石林诗话》说:“诗固忌用巧太过,然缘情体物,自有天然工妙,虽巧而不见刻削之痕。老杜‘细雨鱼儿出,微风燕子斜’,此十字殆无一字虚设。雨细著水面为沤,鱼常上浮而淰,若大雨则伏而不出矣。燕体轻弱,风猛则不能胜,唯微风乃受以为势,故又有‘轻燕受风斜’之语。至‘穿花蛱蝶深深见,点水蜻蜓款款飞’,‘深深’字若无‘穿’字,‘款款’字若无‘点’字,皆无以见其精微如此,然读之浑然,全似未尝用力。此所以不碍其气格超胜。”形容当然是一种人工的技巧,免不了刻划之工。司空图并不反对刻划,只是要求这种刻划达到“天然工妙”,达到“不见刻划之痕”,这就是“俱似大道,妙契同尘”的含义。但是司空图又认为，仅仅做到符合自然，毕肖自然，并不足以充分表现对象的精神，因而进一步提出了“离形得似”的主张。作者在《冲淡》中曾经说过类似的话：“脱有形似，握手已违。”把两句话合起来看，我们就不难了解，司空图所说的“离形得似”并不是简单地要求离开“形”去表现“神”，而是说，只有不拘于形似，不追求客观对象外貌细节的描摹刻划，而要求超越客观对象的“形”去表现它的“神”，这样才能达到形容的极致——神似。在《二十四诗品》中，作者从不同的角度，反复地论述过这一基本观点，《雄浑》中的“超以象外，得其环中”，《冲淡》中的“脱有形似，握手已违”，《洗炼》中的“空潭写春，古镜照神”，《流动》中的“载要其端，载同其符”，都反映了这一观点在各品中的具体要求，它们的侧重点虽有不同，但基本精神是一致的。

司空图的上述见解，是对前人艺术理论的继承和总结，也是对我国古代诗歌艺术特点的分析和概括。与前人比较起来，司空图似乎更加强调表现客观对象的本质和精神，更加摒弃那种纤微毕肖的描摹方法。这当然与他接受老庄哲学的影响有关，但也与他着重研究的古代抒情诗本身的特点有关。诚然，脱离了诗人描绘的形象，读者是无法感知作者要介绍的对象。但艺术作品，尤其是抒情诗之区别于观察记录，就在于并不要求全部细节的准确，更重要的是作者对于事物的感受。读者对于艺术家的要求，是要他们引导着去深一步地认识和体察客观世界。如花鸟本是无情之物，杜甫在欢悦时看到的是“千朵万朵压枝低”，“自在娇莺恰恰啼”，而在情绪悲伤时看到的却是“感时花溅泪，恨别鸟惊心”。在这类作品里人们赞赏的并不是记录的对象如何完整精细，而是印烙在客观事物上的艺术家的感情、心绪和意念，在诗人的笔下，客观事物常常成了发挥他主观感情意兴的一种手段。张戒《岁寒堂诗话》说：“诗者，志之所之也。情动于中而形于言，岂专意于咏物哉？子建‘明月照高楼，流光正徘徊’，本以言妇人清夜独居愁思之切，非以咏月也。而后人咏月之句，虽极其工巧,终莫能及。渊明'狗吠深巷中,鸡鸣桑树颠',本以言郊居闲适之趣,非以咏田园,而后人咏田园之句,虽极其工巧,终莫能及。"为什么后人咏月、咏田园之句,"虽极其工巧",终不及曹植、陶渊明写得好呢?因为他们更懂得抒情诗的特点,"不专意于咏物",而着重借景言情,通过风景描写,充分表现了"思妇之愁思","闲适之情趣",因而达到了情景交融的极致。同样,在司空图看来,诗人是否忠实地摹写了客观对象的外形并不重要,重要的是通过这种摹写是否充分传达出艺术家某种特定的主观感情、心绪和意念。司空图的这种美学观点,对宋以后的艺术理论产生过很大的影响。据葛立方《韵语阳秋》说:"欧阳文忠公诗云:'古画画意不画形,梅诗写物无隐情。忘情得意知者寡,不若见诗如见画。'东坡诗云:'论画以形似,见与儿童邻。赋诗必此诗,定知非诗人。'"欧阳修和苏轼都嘲笑在诗画中泥守"形似"之说的人见识短浅,幼稚可笑,这说明司空图的艺术主张,已经相当普遍地为人们所接受。

在唐诗中,且不论借山水田园寄意的抒情诗,即使是那些优秀的咏物之作,往往都是能够充分表现客观对象的精神,从而达到"离形得似"的作品。例如杜甫的名诗《房兵曹胡马》[①]《画鹰》[②]《孤雁》,李商隐的名诗《蝉》等,都具有上述特点。在前两首诗中,虽然也有直接摹写骏马和苍鹰的传神之笔,但诗人着重表现的不仅不是骏马和苍鹰的外形,甚至也不是骏马和苍鹰本身,而是借以寄寓诗人所向空阔、搏击万里的慷慨之思;读者之所以受到感动,也在于诗人表面上虽然写马写鹰,实际上是"托物言志",为自己写照。《孤雁诗》的情况也是如此:"孤雁不饮啄,飞鸣声念群。谁怜一片影,相失万重云?望尽似犹见,哀多如更闻。野鸦无意绪,鸣噪自纷纷。"作者在诗中几乎完全不去描摹孤雁的形貌,而着重表现其失群之痛、离异之感,以寄托诗人主观的感情、意念。前人评论说"写生至此,天雨泣矣","沥血之词,凄惋不可卒读",点明了这首诗感人力量之所在。再如李商隐的五律《蝉》:“本以高难饱,徒劳恨费声。五更疏欲断,一树碧无情。薄宦梗犹泛,故园芜已平。烦君最相警,我亦举家清。”作者表面上写蝉,实际上完全是借以抒写诗人自己穷愁潦倒的处境和悒郁无告的心境。在这里蝉不过是诗的躯壳,只有诗人主观的思想情感才是“真宰”。总之,上述咏物诗之所以具有如此动人的艺术力量,主要原因是其中寄寓着一个“我”。这个“我”就是有着特定阅历、性格和志向的不同于他人的“我”。因而“以我观物,故物皆著我之色彩”。诗人在这里所描写的苍鹰、骏马、孤雁、鸣蝉已不再是一般的鹰、马、雁、蝉的标本,也不仅是翻飞搏击、骁腾驰骋着的健捷的苍鹰、神骏的名马;不仅是哀鸣念群、形衰声嘶的孤独的大雁和飘泊的寒蝉,而是有着特殊感情色彩的艺术形象了。恩格斯说,典型的艺术形象必须是“这一个”,其道理就在于此。诗人只有刻划出了特定的“这一个”的特征,形象才会“活”起来,表现对象精神本质的任务才算完成。

①杜甫诗《房兵曹胡马》:“胡马大宛名,锋棱瘦骨成。竹批双耳峻,风入四蹄轻。所向无空阔,真堪托死生。骁腾有如此,万里可横行。”

②杜甫诗《画鹰》:“素练风霜起,苍鹰画作殊。搬身思狡兔,侧目似愁胡。绦镟光堪摘,轩楹势可呼。何当击凡鸟,毛血洒平芜。”

二十一　超　诣

匪神之灵　匪机之微
如将白云　清风与归

远引若至　临之已非
少有道契　终与俗违

乱山高木　碧苔芳晖
诵之思之　其声愈希

【今译】

既不是神灵的助佑，
也不仰仗天机幽微，
我自凭御一片白云，
挟清风相与俱归。

远远地曳引而来，
到眼前却似是而非。
虽未能完全与道契合，
但毕竟和凡俗暌离。

丛山中高高孤峙的乔木，
碧苔上暖暖流转的春晖，
那情景我不断地思忆捕捉，

个中消息却愈来愈微妙依稀。

【注释】

〔匪神之灵，匪机之微〕神，神明；灵，灵异；机，天机，指造化。《列子·天瑞》："万物皆出于机，皆入于机。"张湛注："机者，群有之始。"微，幽微。全句的意思是达到超诣之风不是神明的灵异所致，也不是造化的微妙相助。

〔如将白云，清风与归〕将，携带，挟持。《庄子·天地篇》："乘彼白云，至于太空。"此处似用其意。全句的意思是说超诣之风超凡脱俗，一如与白云清风作伴而归于太空。

〔远引若至，临之已非〕引，曳引；临，临近、面对。全句描写超诣诗境的可望而不可即。这种境界也就是作者在《与李生论诗书》说的"近而不浮，远而不尽"的"韵外之致"，是司空图主要的美学理想。

〔少有道契，终与俗违〕契，契合；违，离开。这句的大意是说合于道者必违于俗。

〔乱山高木，碧苔芳晖〕高树耸峙于乱山巉岩之中，春阳流布于青苔之上，这就是作者拈出的超诣之境。王维《鹿柴诗》："返景入深林，复照青苔上。"似为此句所本。

〔诵之思之，其声愈希〕诵，口诵；思，心念。希，空寂无声。《老子》："听之不闻名曰希。"《河上公注》："无声曰希。"全句的意思是说超诣之风只可意会，难以实指。《飘逸》"识者已领，期之愈分"，意义与此相近。

【诠析】

超诣是指造诣超妙。司空图在本章力图为他自己的理想诗美描绘出一种空灵微茫、可望而不可即的形象。

作者首先指出,达到超诣之风,既不需借助神明的灵异,也不必仰仗造化的幽微。究竟依靠什么呢?本章没有正面说明。但是,他在《冲淡》中说:“遇之匪深,即之愈希。”在《自然》中说:“薄言情晤,悠悠天钧。”在《实境》中说:“情性所至,妙不自寻。”总括起来看,司空图似乎认为,理想的诗境要依靠一种神妙的“情晤”才能获得,这种“晤”简直类似天启,“遇之自天”,并非人力所能达到。三四两句用象征手法摹状超诣诗风的面貌。“如将白云,清风与归”,这是一种清淡秀逸,脱尽尘俗而又非“杳然空踪”的超妙形象,有飘洒之姿而无孤逸之态,有冲淡之和而无幽冷之致,正好符合司空图“韵外之致”的诗美理想,所以名之曰超诣。

接下去四句,描写了超诣之风的特征。在这段话中,司空图似乎强调了这样两点。其一,超诣之风极难把握,“远引若至,临之已非”,要写出具有“韵外之致”的好诗,最后实际完成的艺术形象,很可能与他原来意图模写的原型无法完全一致,这是艺术创作中常常会发生的事情,要写出具有“韵外之致”的好诗,创造出“近而不浮,远而不尽”的理想艺术境界,尤其如此。其二,那么如何补救呢?司空图接下去提出了自己的主张“少有道契,终与俗违”,好诗必须远离凡俗,与微妙的自然之道相契。这一艺术标准,成为了唐以后士大夫们在诗歌、绘画、书法各类艺术领域竞相追逐的目标,司空图是这种理论的首创者之一。

司空图在《与极浦书》中说:“戴容州云:‘蓝田日暖,良玉生烟,可望而不可置于眉睫之前也。’象外之象,景外之景,岂容易可谈哉?”在《与李生论诗书》中又说:“近而不浮,远而不尽,然后可以言韵外之致耳。”这些话构成了司空图最惹人注目的美学理论。本品“远引”两句,就是企图描写那种“近而不浮,远而不尽”的“韵外之致”。

在艺术欣赏中常有这样的情况,当我们看完一幅绘画,读完一篇诗歌,或者听完一首优美的乐曲,每每低回久之,不能舍去。是什么吸引了我们呢?是作者摹神体物的工巧精致吗?不是。吸引我们的与其说是作品本身,不如说是它抽绎出了我们的联想,使我们堕入了自己的思绪、意念和想象之中。作品所表现的对象虽然是具体的,有限的,但读者的感受则往往超过了画面的框架,超越了文字所直接提供的形象。古人说"馀音绕梁,三日不绝",这是指一曲歌罢,优美的旋律萦回耳际,袅袅不绝。诗篇的"韵外之致"也与此仿佛。一遍吟罢,诗中的意境引着你的思想飘得很远很远,字面所提供的形象虽然是有限的,而你进入的这个境界却是深远的、无穷的。对于这种境界,你虽然可以感知,但却又难以确指;你虽然可以领略、品味,但却又无法把握和描绘。所以司空图把诗歌艺术的这种效果称为具有"象外之象,景外之景"的"韵外之致",并且强调它的特点就是"可望而不可置于眉睫之前",就是"远引若至,临之已非"。超诣不同于含蓄。含蓄是"不著一字,尽得风流",其特点是不直言说破,如挽弓的引而不发,像思妇的欲说还休。而超诣则既可以侧面渲染,也可以正面描写;既可以直切地叙述,也可以间接地设喻,但都能引起人们的不尽之思。含蓄虽然也讲究以少少许胜多多许,但叫人寻味的是题内的东西,具有确切的可以把握的答案;而超诣却引导人们寻味题外的东西,是没有界限的展开性的联想。含蓄是司空图肯定的一种诗美,而超诣则是他诗美的理想。

司空图对唐诗作了一番归纳、整理、评价工作之后,提出了"韵外之致"这条重要的美学原则,这条原则笼括了我国古代诗歌中最迷人的一种诗美。加之作者在描述时使用了许多迷离恍惚的玄虚字眼,这就更增加了这种理论的迷人外表。从此在我国古代诗歌理论史中开创了一种与传统儒家诗教大异其趣的诗歌理论流派,这派理论产生过巨大的影响,也招致了不少误解和非议,其流风馀韵,历千馀年而不衰。宋代严羽的"兴趣说",清代王士禛的"神韵说",近代王国维的"境界说",就是这种理论的发展和衍伸。有人把这种理论移植到书画领域中,于是又产生出"笔外之笔"、"墨外之墨"的种种说法。但是,自从司空图创立这种理论以来,在长期的流传中,虽然有着若干演变形态和不同侧重的衍伸,而对这种理论和方法的描述,却始终采用玄秘手法,司空图是如此,其他人也是如此。例如严羽《沧浪诗话》就说:"盛唐诸人,唯在兴趣,羚羊挂角,无迹可求。"王士禛也说,神韵应有"妙谛微言,与世尊拈花,迦叶微笑,等无差别"。这种玄虚缥缈的描述,还停留在朦胧的感觉阶段上,没有能够进行严格的、精密的、有条理的理论分析。

其实司空图所说的超诣之美,具有"象外之象"、"景外之景"的"韵外之致",并不是什么神秘的、难以索指的东西。直切点说,象外之象,景外之景,就是指象外有象,景外有景。在诗人直接描绘的艺术形象之外,还存在某种值得寻味,足以引起联想的东西。但这种象外象、景外景毕竟要依傍"象内象"、"景内景",离开了它,那象外象、景外景就不能独立存在。同时,这里的"象外象"毕竟不同于直接描绘的对象本身,而且也不是所有描绘出的对象都能唤起"象外象"、"景外景"的联想的。那种能引起"象外象"、"景外景"的具有"韵外之致"的超诣之作,虽然能够给人以更多的美的享受,但是,"象外之象"不仅离不开诗人所描绘的形象,而且还要依靠读者的合作。只有那些与作者有某种类似的阅历、修养、审美趣味的读者,诗人才能通过自己的描绘,用提示和渲染的方法,以主观的意绪去感染他们,引导他们去驰骋遐想,体会笔墨之外的意趣韵味。这样,读者从作品中得到的美的享受,已远远超出画面所提供的内容,其不尽之意,主要是由自己追加的。当然,由于对象的提示有一定的方向和范围,因此人们从特定作品出发的想象也应该大致相近,只能在展开中逼近或推演。而且,正因为是想象,故而象外之象,是那样的空灵、飘渺,似乎令人无从接触和无法把握。

既然超诣之美或者说“韵外之致”是一种实际存在的可以感知的艺术美，那么，从方法上说，也必然可以近似地给予概括和总结。在本章中，剔除了理论阐述部分之后，用形象描绘的有这么几句“如将白云，清风与归”，“乱山高木，碧苔芳晖”。后者就是司空图给这种理论提供的一个具体范型。“乱山高木，碧苔芳晖”是并列的两种景观。从字面看，“乱山高木”这句有强烈的色彩对比，质感对比，有生命与无生命的对比。乱石是干枯的灰白，树木是苍润的浓翠。大面积的乱石中一小片生机旺盛、挺拔耸峙的树木是何等引人注目。但是这难道仅仅是写景吗？读者从“乱山高木”这个诗境里仿佛可以体会诗人属意此景的感慨心情。一片乱石荒岩中有几株苍翠的乔木挺立着，既有孤芳自赏之情，又有遭世不偶之慨。表面是纯粹的写景，但其中明明有某种寄托、感慨和象征。“碧苔芳晖”写阳光的足迹在苍苔上的印痕，这是一件多么微不足道的事，但诗人何以瞩目于此呢，岂不是由于它衬托出了诗人对于时光流逝这种微妙变化的淡淡哀愁。这一句色彩是很浓美的，深绿上涂一抹金黄，但气氛却又极其清穆。前一句远望，是对全景的观察，后一句俯视，以身旁的细节，分别提供了超诣之风的范型。其目击之境，仅以八个字出之，其“象外之象”却不仅引导读者去留意体悟那些极其普通、平凡，不为人所注意的精微诗趣，而且暗示了能发掘这种诗趣的诗人的胸襟怀抱、阅历情操，这就提供了相当宽衺的可以联想的东西，这就是“象外之象，景外之景”，这就是司空图追求的“近而不浮，远而不尽”的“韵外之致”。

总之，超诣的诗风，就是司空图“韵外之致”的理想诗美。这类诗在王维的作品中最多。如《辋川集》中的《华子冈》[①]、《鹿柴》[②]等，都很有代表性。这种诗为了要能够唤起画外的联想，大致上要包括这样一些条件：恬淡的情怀，幽冷的景色，哲理的寓意，不为人注意的诗题和流逝而去的光阴。这样才能诱发读者的联想，联想到读者自

己的襟期怀抱和有过的政治失意及人生阅历。这样的读者其实只能是特定的读者。幸好这些特定的读者倒恰恰包括了几乎大部分未能进入仕途和相当多从仕途退隐下来的士大夫知识分子,因此,在这里特殊又变成了一般。超诣之美,韵外之致,成为一种历千馀年而绵延不衰的艺术标准。造成这种情况的是中国特殊的社会条件,即科举制度、门阀士族和寒儒对立的社会形态,以及佛道二家的消极避世思想相互影响的结果。今天,虽然历史发展了,社会形态也变化了,但“韵外之致”因其在中国诗坛上的独特成就,或将成为中华文化遗产中弥足珍贵的部分,流传后世。

①王维诗《华子冈》:“飞鸟去不穷,连山复秋色。上下华子冈,惆怅情何极?”

②王维诗《鹿柴》:“空山不见人,但闻人语响。返景入深林,复照青苔上。”

二十二　飘　逸

落落欲往　矫矫不群
缑山之鹤　华顶之云

高人惠中　令色絪缊
御风蓬叶　泛彼无垠

如不可执　如将有闻
识者已领　期之愈分

【今译】

落落寡合，我真想飘然离去，
矫矫独异，谁愿与鸡鹜同群。
正如缑氏山上傲兀的仙鹤，
又如太华峰顶飘曳的白云。

就像绝顶聪慧的旷世高士，
眉宇间透露出元气絪缊。
他踩着蓬叶御风而行，
飘浮在浩渺无际的天庭。

像水底的倒影握之若虚，
如空中的妙音依约可闻。
知其然者早已经心领神会，

刻意去追慕，却偏偏离你远遁。

【注释】

〔落落欲往，矫矫不群〕落落，孤独寡合的样子。左思《咏史》："落落穷巷士，抱影守空庐。"矫矫，翘然出众的样子。《汉书·叙传下》："贾生矫矫，弱冠登朝。"

〔缑山之鹤，华顶之云〕缑(gōu)山，传说中的仙山。《列仙传》："周王子乔好吹笙，作风鸣。后告其家人曰，七月七日待我于缑氏山头。及期，果乘白鹤，谢时人而去。"华顶，华山之顶。这句以仙鹤、白云比喻飘逸之风。

〔高人惠中，令色絪缊〕惠，通慧，韩愈《送李愿归盘谷序》："秀外而惠中。"惠中，一作画中。令色，美好的容颜；絪缊，同氤氲(yīn yūn)。《易·系辞下》："天地絪缊，万物化醇。"絪缊原指充满元气，这里指高士那种飘逸的神态。

〔御风蓬叶，泛彼无垠〕御风，乘风；蓬叶，即蓬草。《商子·禁使》："今夫飞蓬，遇飘风而行千里，乘风之势也。"泛，飘浮；无垠，指天空。

〔如不可执，如将有闻〕不可执，难以把握；如将有闻，似有所闻。

〔识者已领，期之愈分〕识者，能领悟的人；领，心领神会。期之，有意求之；分，分离。全句意思是说，飘逸之风只可意会，难以言传。这句又作"识者期之，欲得愈分"，亦通。

【诠析】

飘逸是潇洒闲逸、离尘脱俗的艺术风格。在二十四诗品中，《飘逸》与《高古》相近，同是司空图道家思想作用于艺术趣味的反映。但是高古重在"古"，略呈庙堂之气；飘逸重在"逸"，带有神仙风貌。

高古凌驾于凡俗之上，飘逸超越于尘俗之外，两者的侧重面是不同的。宋代严羽在《沧浪诗话》中曾用“飘逸”两字概括李白诗歌风格的主要特点。但李白诗歌的飘逸在于感情奔放，胸襟开阔，能驱策六合，陶钧万物。所以落笔时无板滞痴涩之弊，而有飘然不群之致，呈现出浩荡放逸的浪漫主义色彩。司空图所说的飘逸，重在超凡脱俗，强调要有不食人间烟火的出尘之致，充满着道家的玄秘色彩。这样的境界，作为诗歌风格的一种，其容量是狭窄的，其格调也不太高。

本章前四句以缑山的仙鹤，华岳的流云，象征飘逸风格的不类凡俗。正如郭绍虞《诗品集解》所说：“鹤非凡鹤，云非凡云，正见矫矫不群之意。”不过司空图似乎觉得“不类凡俗”还不足以表现飘逸风格的极致，于是他把“高古”中出场过的神仙，再请来表演一番。作者似乎非常迷恋这种诗风飘忽无定的一面，因此他不满足于停留在“太华夜碧”，甚至也不满足于徘徊在视界可见的东斗之间，而要“泛彼无垠”，在无边的天空中飘然而逝。把飘逸写得如此玄虚渺远，实在有些过分了。从唐诗的实际情况来看，形成飘逸诗风的主要原因并不在于“落落”、“矫矫”，离尘脱俗，而在于作者志存高远，构思新颖和表现手法的独创性。以李白的诗歌为例，杜甫称赞它“飘然思不群”，皮日休称赞它“言出天地外，思出鬼神表”，赵翼称赞它“神识超迈，不可羁勒”，方植之称赞它“发想超旷，落笔天纵，章法承接，变化无端”。因此，当其奔放豪荡之时，就表现出豪放的风格；当其飘然洒脱之时，又呈现出飘逸的特色。比较起来，司空图对飘逸风格的认识未免过于狭窄，除了人生观中玄学成分的影响之外，也表明他在艺术理解上还不够深刻。

在最后一节，司空图指出飘逸的诗风具有“可望而不可即”的特点，因而人们只可意会，——“识者已领”，但是无从实际把握，——“期之愈分”。诚然，艺术风格是比较抽象的东西，不可能真切地抓在手里条剖缕析，但它既然附丽于诗歌的内容和形式，人们通过排列、比较、分析、综合，还是能够弄清它们的基本含义，掌握它们的特点，并为后人的鉴赏和创作提供有益的经验。司空图《诗品》虽然广泛论及了诗歌艺术的许多重大问题，但他对这些问题的论述大部分是描述性的，而不是分析性的，作者往往只说明它们是什么样子，而没有进一步分析它们为什么这样。而且，由于世界观和认识方法的局限，这种描述有时带着相当浓厚的神秘玄虚色彩，因而常常模糊了人们的眼目，这是一个缺陷。可惜这种遗响，继千馀年而未衰。宋代的严羽，清代的王士禛，他们的诗歌理论多少都接受了司空图的这种影响。

李白诗《夜泊牛渚怀古》[①]、《赠孟浩然》[②]，孟浩然诗《舟中晓望》[③]、《晚泊浔阳望庐山》[④]等诗，或可为飘逸之风的代表。

①李白诗《夜泊牛渚怀古》："牛渚西江夜，青天无片云。登舟望秋月，空忆谢将军。余亦能高咏，斯人不可闻。明朝挂帆席，枫叶落纷纷。"

②李白诗《赠孟浩然》："吾爱孟夫子，风流天下闻。红颜弃轩冕，白首卧松云。醉月频中圣，迷花不事君。高山安可仰，徒此挹清芬。"

③孟浩然诗《舟中晓望》："挂席东南望，青山水国遥。舳舻争利涉，来往接风潮。问我今何适？天台访石桥。坐看霞色晓，疑是赤城标。"

④孟浩然诗《晚泊浔阳望庐山》："挂席几千里，名山都未逢。泊舟浔阳郭，始见香炉峰。尝读远公传，永怀尘外踪。东林精舍近，日暮坐闻钟。"

二十三 旷 达

生者百岁 相去几何
欢乐苦短 忧愁实多

何如尊酒 日往烟萝
花覆茅檐 疏雨相过

倒酒既尽 杖藜行歌
孰不有古 南山峨峨

【今译】

人生只不过短短百年，
寿夭间又能相差几何？
欢乐的日子总是太少，
忧愁的时候实在太多。

倒不如带上那一樽薄酒，
日日往幽壑中访寻烟萝。
茅屋上攀满了杂花碎草，
偶而有一阵阵疏雨飘落。

倾尽了身边的浊醪家酿，
策藜杖悠闲地边走边歌。
人世间何物不消泯变灭？

只有那终南山万古嵯峨。

【注释】

〔生者百岁，相去几何〕意思是人生不过百年，即使长寿也与夭折相差无几。

〔何如尊酒，日往烟萝〕尊酒，一樽酒。烟萝，指山野。

〔疏雨相过〕疏雨，飘过一阵疏雨；相过，相访。

〔杖藜行歌〕杖藜，拄着藜杖；行歌，且行且歌。

〔孰不有古，南山峨峨〕孰，谁；古，故，指死亡。南山，终南山；峨峨，高耸的样子。

【诠析】

《旷达》与其说描绘了一种艺术风格，不如说表明了一种人生态度。从字面上看，旷是旷放，达是通达，所谓“胸中具有道理，眼底自无障碍”，似乎在理论上找到了归宿，然而事实并非如此。这种人生态度不过是诗人在现实生活中碰壁以后用以排遣精神苦闷、摆脱感情负担的方式。

《旷达》和《疏野》一样，都接受老庄哲学作为人生的根柢，但是强调的侧面不同。《疏野》发挥老庄“无为”、“天放”的哲学观点，强调任情和率性，提倡自然质朴的诗美。那个“筑屋松下，脱帽看诗”的隐者所感受到的是摆脱了官场勾心斗角、繁文缛节以后“复得返自然”的愉快。《旷达》则主要接受庄子“人之生也，与忧俱生”的思想，主张用及时行乐来排解这种生之痛苦，带有比较浓厚的消极情调。《疏野》不管作为一种人生态度还是作为一种诗歌风格，在当时都是有意义的。而《旷达》，与其作为一种诗歌风格，不如说是一种表面豁达超脱、实际悲观消沉的生活态度。

《旷达》与《悲慨》同样反映了古代士大夫在理想破灭之后的痛苦，但是态度很不相同。《悲慨》虽然也夹杂着“百岁如流，富贵冷灰”的哀叹，但基调是激愤的，昂扬的。那个拂剑浩歌的壮士对理想的追求是如此热烈，对人生的态度是如此执着，产生悲慨之情是因为没有找到出路。悲慨是古代杰出人物常常会产生的一种情绪，曹操在被生命短促、创业维艰这一实际矛盾所苦恼之时，不禁唱出“对酒当歌，人生几何”的悲歌，刘琨在国破家亡、穷途末路之时，也不免发出“何意百炼钢，化为绕指柔”的哀叹。但是统观全诗，毕竟悲凉而不消沉，哀怨而不颓丧，仍旧充满壮怀激烈的慷慨之思，沉潜着一种激励人们奋发向上的感情力量。《旷达》则与此不同，虽然它的背后也隐含着对当时现实的不满，对生命的留恋和追求，并非真正的“大彻大悟”。但是它从老庄寿夭相对的人生哲学中找到了理论根据，鼓吹以及时行乐来排解“欢乐苦短，忧愁实多”的苦闷。那个“杖藜行歌”的山居隐士痛切地认识“孰不有古，南山峨峨”这样的无情现实，因而加倍地体会到人生的渺小和无常，感觉到及时行乐的必要。这种人生态度，带着浓重的虚无主义色彩和消极悲观情绪，回避社会矛盾，放弃人生责任，当然是不可取的。

司空图把《旷达》列为一品，并不是偶然的。从古代诗歌历史上看，感叹生命无常、鼓吹享乐人生是我国文人诗歌的传统主题。尤其是汉代末年到晋宋之间，一方面由于政治黑暗，战争频繁，社会动乱，疾疫流行，人的命运（包括上层人士的命运）朝不保夕；另一方面由于禁锢人们思想的传统经学和谶纬的崩溃，“人对自己生命意义的重新发现、思索、把握和追求”（李泽厚《美的历程》），这种情绪迅速弥漫开来，成为很长一个时期内诗人吟咏的重要题材。《古诗十九首》：“生年不满百，常怀千岁忧。昼短苦夜长，何不秉烛游？”就是一个著名的例子。那个时期的重要诗人曹氏父子、阮籍、陶渊明，几乎没有例外地都触及过这个主题，留下了许多诗篇。到了唐代，随着国家的强盛与统一，经济的繁荣和发展，一种朝气蓬勃、豪迈恣纵、充满了青春活力和昂扬激奋之势的音响——盛唐之音，不仅压倒了齐梁以来萎弱的绮靡之声，而且也驱散了从建安到晋宋期间弥漫在诗坛的悲观气氛。虽然李白在“一生傲岸苦不偕，恩疏媒劳志多乖”的时候，仍不免发出“人生飘忽百年内，且须酣饮万古情”的感慨，但毕竟激愤多于旷放；杜甫在痛感“儒术于我何有哉，孔丘盗跖俱尘埃”的命运时，也不禁唱出“细推物理须行乐，何用浮名绊此身”①的曲调，毕竟是忧愤多于豁达。但是到了唐代末期，宦官弄权，藩镇割据，统治阶级日益腐化，在这种政治形势下，悲观失望的情绪在人们心中普遍滋长，而旷达疏放的人生态度便日渐成为退隐山林的士大夫们的一种精神寄托。司空图标列旷达之风，正是这种社会意识的反映。

旷达之风还与作者个人的人生经历有密切的关系。司空图早年信奉儒学，锐于用世；晚岁笃好释道，隐退山林，自号知非子、耐辱居士。他在《休休亭》一文中调侃自己说：“谓其材，一宜休也；揣其分，二宜休也；且耄而聩，三宜休也。又少而惰，长而率，老而迂，是三者皆非救时之用，又宜休也。”在一首题为《退居》的诗中又说“燕拙营巢苦，鱼贪触网惊”，可见他的退隐实在有不得已的难言之痛；在他那旷达疏放的人生态度后面，依然隐藏着许多牢愁与悲愤。但是，当这种人生态度与他信奉的释道哲学结合时，就成了一种逃避现实、回避矛盾的自觉的生活信条，它的消极作用也就表现得更加明显了，这也是无可讳言的。

①“一生傲岸苦不偕，恩疏媒劳志多乖。”“人生飘忽百年内，且须酣饮万古情。”见李白诗《答王十二寒夜独酌有怀》。“儒术于我何有哉？孔丘盗跖俱尘埃。”见杜甫诗《醉时歌》。“细推物理须行乐，何用浮名绊此生。”见杜甫诗《曲江二首》。

二十四 流 动

若纳水輨 如转丸珠
夫岂可道 假体遗愚

荒荒坤轴 悠悠天枢
载要其端 载同其符

超超神明 返返冥无
往来千载 是之谓乎

【今译】

像水车的辘辘转动，
像明珠的玲珑清圆。
流动岂能用文字描述，
借物为喻总归是徒然。

仿佛是荒荒无极的地轴，
又像是运转不息的天枢。
其关键都在那轴端，
天宇间遵从着同一个规律。

超超玄妙的神明，
浩浩无尽的冥无。
来来往往千载不已，

那便是永恒的流动。

【注释】

〔若纳水辖,如转丸珠〕水辖(guǎn),井上提水的水车;纳,安放。丸珠,圆珠子;转,滚动。

〔夫岂可道,假体遗愚〕岂可道,意思是流动之美岂可用文字描述。假体,借用具体事物作比喻,如水车、丸珠之类。愚,笨办法。司空图认为,流动之美是道的自然表现,是只可意会而难以言传的。

〔荒荒坤轴,悠悠天枢〕坤轴,地的轴心;天枢,天的枢纽。荒荒,广大无极;悠悠,久长不尽。

〔载要其端,载同其符〕载,语助词。要其端,把握其要端,指掌握事物的本质;同其符,与自然规律相契合。《庄子·德充符》王先谦注:"德充于内,自有形外之符验也。"全句的意思是说,坤轴、天枢是流动的核心,流动则是天枢、坤轴的表象行为。载同其符一作"载闻其符"。

〔超超神明,返返冥无〕超超,超妙异常;神明,神灵。返返,返之又返,意即循环不息;冥无,指万物的本源。《老子》:"天地万物生于有,有生于无。""窈兮冥兮,其中有精。"孙联奎《诗品臆说》:"神明,流动之妙用;冥无,流动之根本。"

〔是之谓乎〕是,此,指真正的流动。

【诠析】

流动与板滞相对立,是指一种气脉流转的艺术风格。

据《王直方诗话》记载:"谢朓尝语沈约曰:'好诗圆美流转如弹丸。'故东坡《答王巩》云:'新诗如弹丸。'及《送欧阳弼》云:'中有清圆句,铜丸飞柘弹。'"这个例子为后人津津乐道。但是司空图却并

不赞成这种比喻。在司空图看来，流动首先在于全篇的气脉，而不在个别的字句；诗人首先应该著眼于整体，而不能拘限于局部。因此，即使用水车的转动和弹丸的流转这些有名的例子作比喻，在美学上看来都是比较低级、笨拙的，只能"假体遗愚"，并不能充分说明流动的真正含义。

那么，究竟怎样才是真正的流动呢？作者在第二节企图用"荒荒坤轴，悠悠天枢"的循环不息提示这一点。他强调说，诗人如果掌握了万物的要道，应顺着自然的规律，就能够使自己的作品充满了流动的精神。司空图在论述流动这种艺术风格的特征时，虽然感觉到前人理论上的欠缺，批评了那种只看见局部，看不见全局；只注意事物表象，不注意事物内在本质的浅薄之见，用哲学方法强调了整体的意义；重申了一切都要合乎自然的美学原则，这的确是他的贡献。但是，司空图并不曾，而且似乎也没有能力给流动风格的含义以具体说明，因而，只能再一次求助于道家的宇宙观，用玄虚缥缈、深不可测的"超超神明，返返冥无"的周流不息、往来千载，作一个不着边际的回答。当然，这样的回答并不解决问题，不仅让读者摸不着头脑，而且可能连作者自己也感到没有把握，因而在本章结尾处不得不用"是之谓乎"这样的不肯定语气。

王夫之《姜斋诗话》说："谓之脉者，如人身之有十二脉，发于指端，达于颠顶，藏于肌肉之中；督任冲带，互相为宅，萦绕周回，微动而流转不穷，合为一人之生理。"这也是一种试图对诗歌流动风格的说明，用人身上的血脉比喻文章的气脉。血脉流畅，则通体精神，气脉流动，则全篇生色。

诗歌中的流动之美，是许多文学要素和音乐要素，在艺术家的着意经营和整合下形成的。既有作者贯注其中的意愿、感情和诉求，并据之确定了诗篇的调性与色彩；还涉及到叙事脉络的安排与展开，叙事语汇音乐性与意象性的特征设计，甚至叙事语气的速度与节奏。

务使全篇的音乐要素与文学要素间达到互相观照、互相映衬、互相生发的效果，让诗篇依着叙事对象的内在逻辑展开。在唐诗中，许多优秀的诗篇都具有某种流动之美。例如张若虚的《春江花月夜》，以明月、春江为线索，把众多的景物组织在一幅画面里。诗人真实细腻的感情，在回环复沓的语言音节中，在委婉摇曳的章法结构中汩汩流注。诗中客子、思妇的愁思和明月、江流浑然无迹地融合在一起。一切都是和谐的、动态的，分不清何者为人，何者为物，使人感到一种婉转流畅之美。又如杜甫的七律《闻官军收河南河北》[①]，诗人胜利的喜悦、回乡的热切化作一股欢乐、热烈、跳跃的冲动直贯篇末。再如白居易的《长恨歌》，这样一首洋洋八百馀言的长篇叙事诗，作者写来既波澜曲折，又“一气舒卷”，给人以回肠荡气、连绵不断的感觉，都是具有流动之美的典范。

①杜甫诗《闻官军收河南河北》：“剑外忽传收蓟北，初闻涕泪满衣裳。却看妻子愁何在？漫卷诗书喜欲狂。白日放歌须纵酒，青春作伴好还乡。即从巴峡穿巫峡，便下襄阳向洛阳。”

附　录

《新唐书·司空图传》

司空图,字表圣,河中虞乡人。父舆,有风干[①]。当大中[②]时,卢弘止管盐铁,表为安邑两池榷盐使[③]。先是,法疏阔,吏轻触禁,舆为立约数十条,莫不以为宜。以劳再迁户部郎中[④]。图咸通[⑤]末擢进士,礼部侍郎[⑥]王凝特所奖待,俄而凝坐法贬商州,图感知己,往从之。凝起拜宣歙观察使[⑦],乃辟置幕府。召为殿中侍御史[⑧],不忍去凝府,台劾,左迁光禄寺主簿[⑨],分司东都[⑩]。卢携以故宰相居洛,嘉图节,常与游。携还朝,过陕虢,属于观察使卢渥曰:"司空御史,高士也。"渥即表为僚佐。会携复执政,召拜礼部员外郎[⑪],寻迁郎中。

黄巢陷长安,将奔,不得前。图弟有奴段章者,陷贼,执图手曰:"我所主张将军喜下士,可往见之,无虚死沟中。"图不肯往,章泣下。遂奔咸阳,间关[⑫]至河中。僖宗次凤翔,即行在[⑬]拜知制诰[⑭],迁中书舍人[⑮]。后狩宝鸡,不获从,又还河中。龙纪[⑯]初,复拜旧官,以疾解。景福[⑰]中,拜谏议大夫[⑱],不赴。后再以户部侍郎召,身谢阙下,数日即引去。昭宗在华,召拜兵部侍郎,以足疾固自乞。会迁洛阳,柳璨希贼臣意[⑲],诛天下才望,助丧王室,诏图入朝,图阳堕笏,趣意野耄。璨知无意于世,乃听还。

图本居中条山王官谷,有先人田,遂隐不出。作亭观素室,悉图唐兴节士文人,名亭曰休休,作文以见志曰:"休,美也,既休而美具。故量才,一宜休;揣分,二宜休;耄而聩,三宜休；又少也惰，长也率，老也迂，三者非济时用，则又宜休。”因自目为耐辱居士。其言诡激不常，以免当时祸灾云。豫为冢棺，遇胜日，引客坐圹[20]中赋诗，酌酒裴回。客或难之，图曰：“君何不广邪？生死一致，吾宁暂游此中哉！”每岁时，祠祷鼓舞[21]，图与闾里耆老[22]相乐。王重荣父子雅重之，数馈遗，弗受。尝为作碑，赠绢数千，图置虞乡市，人得取之，一日尽。时寇盗所过残暴，独不入王官谷，士人依以避难。

朱全忠已篡，召为礼部尚书[23]，不起。哀帝弑，图闻，不食而卒，年七十二。图无子，以甥为嗣，尝为御史所劾，昭宗不责也。

（录自《新唐书》卷一九四《卓行传》）

【注释】

①有风干——有魄力，有才干。

②大中——唐宣宗李忱年号(847—859)。

③榷盐使——榷(què)，专利、专卖。榷盐使，管理盐品专卖的官吏。

④户部郎中——户部，官署名，唐代掌管全国土地、户籍、赋税、财政收支等事务。郎中，官名，部属高级官员。

⑤咸通——唐懿宗李漼年号(860—874)。

⑥礼部侍郎——礼部，官署名，唐代掌礼仪、祭享、贡举等职。侍郎，官名，部的最高副职，地位仅次于尚书。

⑦观察使——官名，掌考察州县官吏政绩，后兼理民事，管辖的地区即为一道。凡不设节度使之处，即以观察使为一道的行政长官；设节度使之处，节度使亦兼观察使。

⑧殿中侍御史——官名，掌殿廷仪卫及京城纠察事宜。

⑨光禄寺主簿——光禄寺，官署名，专掌酒醴膳馐之事。主簿，官名，典领文书、办理事务的僚属。

⑩分司东都——分司，唐宋之制，中央职官有分在陪都（洛阳）执行职务者，称为分司。但除御史之分司者有实职外，其他分司者，多仅以优待退闲之官，并不任职。东都，指洛阳。

⑪员外郎——官名，唐宋与郎中通称郎官，皆为中央官吏中的要职。

⑫间关——历尽道路艰险。

⑬行在——本作“行在所”，天子所在的地方。

⑭知制诰——官名，唐代始有此称，掌起草诏令。

⑮中书舍人——官名，隋唐时掌制诰（撰拟诏旨），以有文学资望者充任。

⑯龙纪——唐昭宗李晔年号（889）。

⑰景福——唐昭宗李晔年号（892—893）。

⑱谏议大夫——官名，掌侍从规谏。

⑲贼臣——指朱全忠（温）。

⑳圹——（kuàng）墓穴。此处之圹指生圹，即在生前预造的墓穴。赵翼《陔余丛考·生圹》：“司空图作生圹，每春秋佳日，邀宾友游咏其上。”

㉑祠祷鼓舞——指祭祀跳舞以娱鬼神。

㉒耆老——耆（qí），老也，此处指老人。

㉓尚书——各部最高长官。

与李生论诗书（节录）

文之难，而诗之尤难。古今之喻多矣，而愚以为辨于味[①]，而后可以言诗也。江岭之南，凡足资于适口者，若醯[2]，非不酸也，止于酸而已；若鹾[3]，非不咸也，止于咸而已。华之人[4]以充饥而遽辍者，知其咸酸之外，醇美者有所乏耳。彼江岭之人[5]，习之而不辨也，宜哉。诗贯六义[6]，则讽喻、抑扬、渟蓄、温雅，皆在其间矣。然直致[7]所得，以格自奇，前辈编集，亦不专工于此，矧[8]其下者耶！王右丞、韦苏州[9]澄淡精致，格在其中，岂妨于遒举哉？贾浪仙[10]诚有警句，视其全篇，意思殊馁，大抵附于蹇涩，方可致才，亦为体之不备也，矧其下者哉！噫！近而不浮，远而不尽，然后可以言韵外之致耳。

（《司空表圣文集》卷二）

【注释】

①味——韵味。

②醯（xī）——酸醋。

③鹾（cuó）——盐。

④华之人——中原地区的人。

⑤江岭之人——江南一带的人。

⑥六义——《毛诗序》："故诗有六义焉：一曰风，二曰赋，三曰比，四曰兴，五曰雅，六曰颂。"

⑦直致——相当于锺嵘所说的"即目"和"直寻"，司空图《实境》所说的"取语甚直，计思匪深……情性所致，妙不自寻"。

⑧矧（shěn）——况且。

⑨王右丞韦苏州——王维曾官尚书右丞，韦应物曾官苏州刺史，故称。

⑩贾浪仙——贾岛字浪仙，中唐著名苦吟诗人。

与极浦书(节录)

戴容州[1]云:“诗家之景,如蓝田日暖,良玉生烟,可望而不可置于眉睫之前也。”象外之象,景外之景,岂容易可谈哉?然题记之作,目击可图,体势自别,不可废也[2]。

(《司空表圣文集》卷三)

【注释】

①戴容州——戴叔伦曾官广西容州刺史,故称。

②题记之作——纪实的作品。

与王驾评诗书(节录)

国初,上好文章,雅风特盛。沈、宋[1]始兴之后,杰出于江宁[2],宏肆于李、杜,极矣!右丞、苏州趣味澄迥,若清沇之贯达。大历十数公[3],抑又其次。元、白力勍[4]而气孱[5],乃都市豪估[6]耳。刘公梦得、杨公巨源,亦各有胜会。阆仙、无可、刘得仁辈,时得佳致,亦足涤烦。厥后所闻,徒褊浅矣。……今王生者,寓居其间,沉渍益久,五言所得,长于思与境偕[7],乃诗家之所尚者。

(《司空表圣文集》卷一)

【注释】

①沈、宋——沈佺期、宋之问。

②江宁——指王昌龄。王昌龄曾官江宁县丞,故称。

③大历十数公——指以李端、卢纶等大历十子为代表的诗人群。

④勍(qíng)——强。

⑤孱——弱。

⑥豪估——富商。

⑦思与境谐——思想感情与客观景物相交融。

重版后记

此书草成于20世纪60年代初，由于众所周知的原因，积压了二十年。80年代初，在徐慧徵同志的帮助下，得以正式出版。现在又三十年过去了，此书竟然获得了重版的机会。这次重版，虽然对少数译文和注释做了调整，还修改了诠析部分的某些段落，但基本上保持了半个世纪以前的原貌，这也多少表达了我们的怀旧之情。

原来的书名叫《诗品今析》，为避免与钟嵘的《诗品》相混，仍改旧称《二十四诗品》。人们常说，如今是历史上发展最快、变化最大的年代。在这样的年代，五十年前的旧作居然还可以重新出版，每念及此，心中不免生出几分感慨。现在书已经重版，好好坏坏，一切都让读者去评判吧。

罗仲鼎、蔡乃中于2013年中秋节后